# 猫も歩けば文豪にあたる

東山泰子

JN166131

双葉文庫

# 目次

# 猫も歩けば文豪にあたる

# 夏目家どろぼう綺談

# 序章

こりゃ、いよいよ入る家を間違えたかもしれぬ。

吾輩は怒声の飛びかう座卓の下で、畳を転がる湯吞みや煙管《きせる》を見つめた。振り返ればひと月前のことだ。

降りつづく雨にほとほと嫌気がさしていた。そこへさぁ入りなさいよと言わんばかりに、縁側の木戸を開け放っているこの家を見つけた。折しも生後二ヶ月。蹴鞠《けまり》のようにあちこち行けるようになった早々、母猫と生き別れたところである。

墨色の毛に覆われた体は濡れそぼち、己のものとは思えぬほど重い。吾輩は沓脱《くつぬ》ぎ石を這うようにして、これ幸いと座敷に上がりこんだ。しかしすぐに体が浮いて、眼前にこの家の細君《さいくん》と思しき顔があらわれた。色白で肉づきのいい顔に、大きな目をひょっとこのように見開いている。

吾輩は精いっぱい可愛げのある声を出そうとしたが、首根っこを摑まれておりできなかった。そうしてふたたび雨の中へ弧を描いて放りだされた。めげるものか、こちとら他に行くところがない。何よりこのままでは死んでしまう――

吾輩は投げられたそばから上がりこみ、また見つかってはつまみ出された。一体幾度繰り返したことだろう。いよいよ諦めかけたとき頭上から声が降ってきた。低く落ち着いた声だった。

「そんなに入ってくるんなら置いてやったらいいじゃないか」

いつの間にか帰ってきていたこの家の主人であった。

流麗な目元に通った鼻筋、紳士然とした口元に黒々とした髭をたくわえている。髭と同じく黒々とした双眸《そうぼう》には、吾輩への好奇心が見てとれた。おそらく動物の勘というやつだろう。吾輩はこの男なら我が身を預けられると察した。しかし見た目によらず手のつけられない癇癪持ちであることが、最近わかってきたのだが。

一方、細君は腹の底で吾輩をうとましく思っていたのだろう。いたずらをするたびに追い回されたり、罰だと言ってご飯を抜かれたりした。よほど嫌なのか吾輩を目端にとらえる力には並々ならぬものがあった。おかげでちっとも休まらぬ。気の抜けない細君にほとほと疲れ、ぼちぼち新しい家を探しに行こうかと考えだした頃である。

たまたまやってきた近所の按摩《あんま》のおばあさんが、吾輩を見てこう言った。

「まぁこりゃ珍しい福猫でござんすよ。全身足の爪まで黒うございます。飼っておきになると、この家が繁盛いたしますよ」

人はゲンキンなものである。細君はそれを聞くや否や、猫飯におかかをのせたり蚊《か》帳《や》に入れてくれたり、吾輩を重宝するようになったのだから。そうなると吾輩もまんざらではない。考えを改め直し腰を落ち着けようとした矢先だった。今度は何やら主人と細君が、事あるごとに喧嘩をするようになった。

例えばこうだ。ある夜、吾輩が台所でネズミと大立ち回りをしたことがあった。吾輩はたらいを落としてしまい、雷のような音が家に響きわたった。すると主人は鬼の形相で寝ていた細君のもとへ行き、今騒いだのは貴様だろうと怒鳴りつける。

「ネズミでしょう」

細君が寝ぼけ眼で言うと、ではそのネズミを捕まえてこいと一悶着が始まる。鬱々とした梅雨空が主人の気鬱を悪化させているのか、最近は一事が万事この調子で、先日はついに細君の可愛がっていた下女を勝手にクビにしてしまった。

こうなると細君も黙っていない。元来おさなご二人の面倒にくわえ身重だった細君は、これ以上主人の神経衰弱に付き合いきれぬと、今朝は食事も終わらぬうちに大げんかが始まった。そういうわけで吾輩は今、行きかう鉄瓶や座布団を目で追っている。往来へ逃げ出す機会を窺っていると、薬瓶が鼻先に転がってきた。主人がこのところやたら手にしているタカヂアスターゼとかいう胃薬だ。吾輩は座卓から飛び出した。なんたることとよ。げに恐ろしきは人間なり——

振り返れば主人と細君はいよいよつかみ合って醜い争いを続けている。暗澹《あんたん》たる気持ちで庭の畑を歩いていると、四つ目垣の向こうから隣の俥《くるま》屋の猫が声をかけてきた。

「よう名無し。お前のところも相変わらずだな」

隣の家も夫婦喧嘩では負けておらず、たまに耳を塞ぎたくなるような罵詈雑言が聞こえてくる。同類と思っているのか、俥屋の猫は憐れむような目を向けてきた。吾輩はいつものことさ、と前脚についた雨水を舐めた。幸い昨晩から降っていた雨は止み、紫陽花の葉の上を蝸牛《かたつむり》が這っている。

「ところで名無し、お前さんの名前はまだつかないのかい」

「ああ、まだだ」

「ふふん、いつになったら名前をつけてもらえるんだろうな」

俥屋の猫にはクロという名前があるらしく、自慢げに鼻を鳴らした。何のことはない。毛の色を言葉にしただけのひねりのない名だ。まあ、それでも無いよりはましかもしれないが。吾輩はいまだに主人からも「おい」とか「猫」としか呼ばれたことはない。

背後で何かが割れる音がした。見れば主人が手あたり次第に鉢を持ちあげ、家のうち外かまわず投げつけている。

こりゃ名前がつくのが先か、吾輩が逃げ出すのが先か——ひとまずは腹を満たすべく、飯の調達に向かうことにした。


煌々《こうこう》とした月が夜空に浮かんでいた。あたりはしんと静まり返って、虫の音が一際大きく聞こえる。月が薄雲に翳るとロクは黒塗りの板塀をひょいと乗り越えた。足裏が土に着くと同時に息をひそめる。前から目星をつけていたこの界隈でもめっぽう広い家だった。竜のような松の枝が門柱の上にも伸び、昼は近寄りがたくさえある。

ロクは邸内に入ると、空気すら動かさぬよう忍び足で壁に身を寄せた。ちょうど寝室の壁なのか、内側から盛大ないびきが聞こえてくる。壁づたいに庭へ回りこむと生い茂る庭木の向こうに簾戸《すど》が見えた。漏れ出る灯りはなく家のものはすでに寝静まっているようだ。

そう来なくっちゃ――音を立てないよう簾戸を開けると、ロクはそっと足を踏みいれた。月明かりを頼りに縁側を抜足差足で進んでいく。すると突きあたりの茶の間に紫檀《したん》の箪笥が並んでいるのが見えた。抽斗《ひきだし》を滑らせて、お、と思わず声をあげそうになる。中には金糸銀糸を織り交ぜた絢爛な丸帯がまばゆい輝きを放っていた。

「これは久々の大当たりだね」

こみあげる笑みをおさえ早速風呂敷を広げる。取りだした帯はずっしりと重かった。本当は男物の浴衣が欲しかった。今着ている単衣《ひとえ》はもう随分前に神楽坂《かぐらざか》の商家から拝借した物だ。くたびれているうえに最近は暑くて仕方がない。

しかしこの帯ならいい値がつくに違いなかった。その金で新しい浴衣を見繕ってもいいし、これだけ不用心な家ならまた来るのもいい。ロクは丁寧に重ねた帯を風呂敷で包むと、上機嫌で今来た道を戻りはじめた。

さて行きはヨイヨイ帰りはナントカだ。慎重に歩みを進めると、ふと文机の上に一本の孫の手を見つけた。一尺ばかりの竹製で手の部分が垢で黒ずんでいる。ロクはしげしげとまわし見ると、風呂敷の合間にエイヤとさした。色々と使いようがあると踏んだのだ。

どこからか犬の遠吠えが聞こえてくる。足をとめ様子を窺っていたが、しばらくするとふたたび静寂がおとずれた。ロクは素早く板塀に向かう。前にもすんでのところで家主が起きて、箒で打たれながら逃げたことがあった。

夜空を見あげると月にかかる薄雲が消えていた。どうやら明日は久々に晴れそうだ。

「金も入るし、明日はうまいもんでも食うかな」

ヨッとかがんで弾みをつけると、膨らんだ風呂敷を担いだまま板塀を乗り越えた。若い上に小柄な体は猫のように敏捷だ。背中にいつにない重みを感じ自然と笑みが漏れた。そうして軽い足取りで夜道へと消えていった。


千駄木横丁《せんだぎよこちょう》は団子坂《だんござか》を上野方面に進み、一つ目の角を曲がったところにあった。幅二間の通りに食い物屋などの商店が軒を連ね、連日人で賑わっている。どこから鰻の芳ばしい香りがしてきて、ロクはつい体ごと引きずられそうになった。

さりとてまずは元手がいる。通りを見渡しながら歩いていると、やがて〝萬〟と染め抜かれた暖簾を見つけた。店内には着物や小道具が所狭しとならび、奥の番台で店主が算盤《そろばん》を弾いている。店主はロクに気づくと顔をあげた。

「へい、らっしゃい」

「どうも。帯を売りたいんだけどね」

ロクが風呂敷を広げると店主は恰幅のいい体を乗りだした。あらわれた丸帯を見て「ほう」と丸眼鏡を鼻に押しあてる。陽のもとで見る帯は月明かりのそれより一層豪奢に見えた。正絹地《しょうけんじ》に緋色の花が咲き乱れ、その上に松と飛鶴が織り込まれている。

「こりゃまた見事な繻珍の丸帯だねぇ。こんなにたっぷり金糸が使われているのは久々に見たよ」

「しゅちん？」

「え？」

「い、いや、そう。しゅちんなのよ！　こいつぁ嫁のでね。それでいくらだい」

訝しげな顔を向けられ慌てて言い直した。店主はしばしロクの顔を見てから算盤を弾いた。

「そうだなぁ。十円てとこかな」

ロクは眉根を寄せると小指で横から算盤を弾いた。

「そんなことないさ。せめてこれくらいは」

「むう。いいや、こんなもんだ」

店主も負けじと弾き返す。ロクがじゃあせめて、と弾くと根負けしたのか「しょうがないねぇ」と算盤でいかつい肩をトントンと叩いた。ロクは笑顔で銭を受けとる。

「それにしても嫁さんよく手放したねぇ。なかなか見事な帯だもの。代々受け継いだ嫁入り用の衣装だったんじゃないのかね」

「……食うには仕方ないさ」

ロクは風呂敷を畳みながらつぶやいた。そうして言い聞かせているのは何より自分にだ。仕方がないのだと。たとえあの帯が無くなったとて、持ち主が野垂れ死ぬことはない。そう、自分と違って。

帰り際に棚の洒落た懐中時計が目に留まった。ざわ、と嫌な予感がした。

「お、いいだろ、それ。昨日入った一点モノ」

店主が自慢げに言う。銀の二重蓋を開くと騎士のマークが彫られており、馬の胴にHとCo.の形が彫られていた。その瞬間、矢で射貫かれたような衝撃がロクの体を走った。

呆然と時計を見つめていると店主がすり寄ってきた。

「気に入ったのかい。なんだったら勉強するよ」

そこで示しあわせたようにロクの腹が鳴ったので、二人で顔を見合わせ笑った。

「聞いたろ。俺は腹時計で十分だね」

「そのようだね。まいど」

ロクは店を出ると足を早めた。心臓が早鐘を打っているのがわかる。体中から血の気がすっと引いたようなのに、嫌な汗がどんどん噴きでてくる。

まさかこんなところで見つけるとは。忘れもしない懐中時計。すべての発端となった、あの時計。浅草《あさくさ》から質流れでここまで来たのか？

逃げるように坂を下っていると足元で小銭の鳴る音がした。落ちたのは巾着袋だ。ロクはいつになくずっしりとした袋を拾うと、先ほどの芳ばしい香りに足をとめた。軒先から吐きだされる煙がロクを誘うように漂ってくる。

何を今さら怖がることがある。あれからもう三年も経ってるんだ――そう己に言い聞かせると超然とした態度で鰻屋の暖簾をくぐった。今日は贅沢をすると決めていた。美味いものを腹いっぱい食うのだと、昨夜から楽しみにしていたのだ。

「らっしゃい」と景気のいい声が響く。店内は昼前にもかかわらず客で賑わっていた。ロクは手前の一角におずおずと座る。何を隠そう鰻屋に入ること自体初めてなのだ。隣の席では袖をまくった男が蒲焼きののった丼をかきこんでいた。見ているだけで涎《よだれ》が出そうになる。壁には品書きらしき札がいくつも下がっていた。ロクはそれを流し見ると給仕に「おーい」と声を張った。やって来た給仕に顎で隣の卓を指す。

「あちらと同じのをおくれよ」

「あいよ、鰻丼一つね」

湯呑みが置かれるとロクは熱い茶をひとおもいに流しこんだ。たちまち喉が焼けて、引いた血の気がにわかに戻ってくるような気がする。

たらふく食って忘れてしまおう。昔のことよりも今日を、明日をどう生きていくか。今の俺にはそれだけだ――

しばらくし湯気を揺らした膳が運ばれてきた。たっぷりタレをまとった蒲焼きの丼に、吸い物と香の物も添えられている。一口ほおばるとあまりの美味さに脳天がとろけそうになった。ロクは白飯を飛ばしながら夢中でそれをかき込んだ。

美味い。こんなに美味いものが世にあるのか――瞬く間に丼の底が見えてくる。最後の一粒を口に入れるとしばし余韻に浸った。束の間の幸せだとしても先ほどまでの憂いを忘れるには十分だった。

雨あがりの空に虹がかかっていた。

早速校庭で遊びだしたのか、家の裏手から学生達の声が聞こえてくる。天気とは裏腹に夏目金之助《なつめきんのすけ》の気持ちは沈んだ。雨音ならまだ風情もあるが、声変わりしたての騒ぎ声などただの騒音でしかない。

眼前では医師の尼子四郎《あまこしろう》が口を開けるよう促していた。

「あいつに言われたんでしょう」

金之助は舌を出すと言った。

「夫は神経衰弱だ。ついでに診てやっちゃあくださいませんかってね。そうでしょう」

尼子は答えぬまま診察を続ける。座布団で寝ていた黒猫が呑気にあくびをした。梅雨のさなかにやってきた猫は、普段こうして金之助の近くにいることが多い。むしろ癇の強い金之助を怖がって最近家のものは近寄らないので、今もっとも時をともに過ごしているのはこの猫かもしれなかった。

「顔色がすぐれないようですが夜は眠れていますか?」

「赤子のごとく寝られますよ。あいつがいらいらさせなければね」

「夏目さん、こういう病はね、一生治りきるというものがないもんです。治ったと思うのは一時沈静しているばかりで、病そのものが治癒したわけではないんですよ」

どうせあいつの差し金であろう、と尼子の言葉は耳を右から左へすり抜けるばかりである。

「一人でいるときは気が鎮まっているようだと伺いました。どうでしょう。病状が一旦落ち着くまで、ご家族と離れてみるというのも手かもしれません」

「あいつと離れる？　それなら何度も言ってますよ。さっさと出て行けとね。あいつだって本当は出て行きたいのに、私をいらいらさせるために頑張っているのです」

「夏目さん、あのですね」

「ごめんくださーい！」

その時、生垣から間の抜けた声がした。途端に金之助は苦虫を嚙み潰したような顔になる。

「おや客人ですかな」

「いえ、ありゃ郁文館《いくぶんかん》の学生です」

ほどなく学生と思しき少年がひょっこり庭先に現れた。そしてすたすたと苗木の間に行き、ボールを拾い上げると一礼し去っていった。金之助は目もくれない。

「裏が中学校の運動場でしてね。休み時間や放課後になると、ひょうのごとくボールが飛んできます。校長に掛けあって四つ目垣を作らせたんですがどうも効果がない。それどころか奴ら面白がって前よりも」

言い終えぬうちに今度は硝子戸が割れる音がした。黒猫が驚いて跳ね起きる。金之助は血相を変え立ちあがった。

「この馬鹿野郎っ！　今日こそは許さん！」

「ちょっと夏目さん！」

尼子が止めるのも聞かず金之助は駆けだした。素足のまま表へ飛びだすと、いつもと違う雰囲気を察したのか学生達も逃げまどった。運動場は瞬く間に蜂の巣を突いたような騒ぎになり、校舎から何事かと案じた人々が出てくる。

一人座敷に残された尼子は、聞こえてくるけたたましい様子に深いため息をついた。金之助の細君である鏡子《きょうこ》にどう報告するか頭が痛い。彼の精神状態が鎮まるにはまだ時間がかかりそうであった。


薬湯につかると思わず安堵の息が漏れた。

白濁の湯が肩の凝りから心のこわばりまで、じわじわとほぐしてくれるようである。

夏目鏡子は突きでた腹をさすりながら銭湯の湯船に身をまかせた。洗い場では娘の筆《ふで》子《こ》と恒子《つねこ》が石鹸の泡で遊んでいる。久々に見る無邪気な笑顔に鏡子は思わず微笑んだ。

近頃は夫の金之助の虫の居所が悪いことが多く、家にいても気の休まらない日々が続いていた。自分だけならともかく、日によっては子どもにあたることもある。昨晩も「泣き声がやかましい」と恒子に怒鳴り散らしたのを思い出し、ふたたび腹の底が熱くなるのを感じた。

一体あの人はどうしてしまったというのか。以前はあんなに怒る人じゃなかった。特に最近の変わりぶりは尋常じゃない――

見合いとはいえ好んで嫁いだ相手であった。折しも十九になったばかりで、方々から縁談の口が来ていた頃である。歳は十も離れていたが帝大を卒業した講師という金之助の評判は、周囲でもめっぽう高かった。何より写真を気に入った。上品で穏やかそうでしっかりした顔立ちをしていた。

結婚してからしばらくは仲睦まじく暮らしていたと思う。鏡子がさほど家事のできないことに呆れつつも、冗談にして笑ってくれたものだ。辛い時には頼りになる人でもあった。初めての子を流産し、心身弱って川に身を投げようとしたと知った時、金之助は二人の手首を紐で結び眠った。

金之助が留学した際は熱のこもった手紙のやり取りもした。今でもその時の文を引っ張り出しては仰ぎみることがある。自分は愛されているとしみじみ感じ入ったのも、けして夢ではないはずだ。

それなのになぜ？　だとすると、やはりあの一件が原因か――

鏡子はひと月ほど前に起こった忌まわしい事件のことを思い出した。同時にある考えがよぎる。

もしそうならあの人は、このまま教職を続けていくことは厳しいのでは？

ぼんやりと硝子窓を見あげるとすでに空は茜色に染まっていた。鴉《からす》が鳴き声をあげて飛んでいく。鏡子は家に帰るのがどうにも億劫で目をそらした。

尼子先生はうまいこと診てくれただろうか。留守中にどうか行ってくれないかと、出がけに頼んでおいたのだ。来週には新しい書生も家に来ることになっていた。何よりこのままでは自分も金之助も、きっといつか壊れてしまう。

「ちょっと夏目さん、いる⁉」

突如激しい音をたて、女湯の戸が開いた。あたりの女衆がざわつく。

何ごとかと見ると、俥屋の夫人が息せききって中を見回していた。夫人は鏡子を見つけると男湯にも聞こえんばかりの声を張りあげた。

「奥さん、大変だよ！　おたくの旦那が郁文館の学生引っ立ててっちまったよお！」

聞き終わらぬうちにザバァと音をたて鏡子は立ちあがった。浴衣をまとい慌てて走ると、湯上がりの体に汗が噴きだす。

話によると金之助が連れていったのは、根津《ねづ》神社付近に住む相当な宅のお坊ちゃんであった。

怪我でもさせたらどうする。どうせ後始末をするのはすべて自分だ——鏡子は流れる汗をいとわず走った。しばらく行くと黄昏時の往来で、少年の首根っこを押さえながら歩く金之助を見つけた。髪は乱れ怒りで顔は紅潮し、まるで鬼のような形相をしている。人々が遠巻きに囁きあうのを見て、鏡子は恥ずかしさと怒りがこみあげてきた。

「あなた!」

金之助が立ち止まった。少年の上着は脱げんばかりに乱れ、哀願するような顔をこちらに向けている。

「いい加減にしてください! あなた、おかしいんです。どうかしてしまったんですよ!」

「なんだと?」

「お行きなさい」

鏡子が促すと金之助の力が緩んだのか少年は一目散に逃げ出した。金之助は血走った目で鏡子を見る。

「おい貴様、どういうつもりだ」

「私、家を出ます。それが希望だったのでしょう。このまま筆子と恒子を連れて中根《なかね》の家に戻ります。気のすむまで好きになさればいいわ」

金之助の視線が一瞬揺らいだ。事実、この頃金之助は折に触れ「里に帰れ」と鏡子にせまっていた。しかしただの面当てと鏡子は相手にしなかったのだ。すべては気鬱のせいなのだと、時がくればまた調子が上向くこともあるだろうと、心が折れそうになるたび自分を鼓舞してきた。だが、さすがに疲れた。

「私が邪魔なんでしょう。それであなたの気が鎮まるなら私は家を出ます」

「ふん、好きにしろ」

金之助は冷笑を浮かべるとふたたび坂を下り始めた。いつものように顎を上げた気取った歩き方だった。

鏡子は眦《まなじり》に浮かんだ涙をぬぐう。何もかもが不本意であった。

# 第一章　闖入者

風のない蒸し暑い夜であった。

おかげで仕事がやりやすい。いや、入りやすいと言うべきか。日付が変わっても涼を求めんと雨戸を開けたままにしている家が多い。

ロクは目星をつけておいた屋敷の壁に身を寄せた。あたりはすでに静まり返っている。門を入って左手に畑があり、茄子や胡瓜がたわわに実っていた。四方は竹垣で仕切られ屋敷の裏手に学校がある。ただ広さも生活感もある割にとんと人の声がしない家であった。

どうやら噂は本当のようだ、とロクは昼間の出来事を思い出した。

腹が減って団子屋の店先にいた時だった。団子が焼けるのを待っていると、学帽をかぶった青年が話しかけてきた。

「夏目金之助の家を探している」と青年は言った。聞けば書生として世話になる予定らしい。すると先ほどまでにこやかだった団子屋が、ものすごい剣幕で唾を飛ばしはじめた。

「やめておきな。第一高等学校の先生だか何だか知らないけどここいらじゃ有名な変わりもんだよ。使用人はころころ変わるしさ。この間も女中をクビにされたって奥さん騒いでいたけど、とうとう自分も出ていっちゃったんだから」

その後もえんえんと話を聞かされた青年はついに礼を言うと今来た道を引き返していった。人知れずロクがほくそ笑んだのは言うまでもない。

実際、団子屋の話の通りだった。家は静寂につつまれ南の座敷に灯りが一つともっているだけだ。ロクは木戸に身を隠しながら室内をのぞいた。

すると、主らしき男が布団に横たわっているのが見えた。枕元にガス灯をともし分厚い本を何冊も積み上げている。歳は三十半ばくらいだろうか。灯りに浮かぶ横顔は良識ある知識人といった風貌で、団子屋が言うような奇天烈な人物には見えなかった。

まだ起きているのか。もしかしたらあの本を全部読むつもりなのかもしれない――

ひとまず引き返そうとすると、背後からいびきが聞こえてきた。見ると男は本に指を挟んだままうつらうつらしている。ロクは気を取りなおしゆっくりと縁側に足をかけた。

その時である。奥で激しい物音がし、男が跳ね起きた。

「誰だ！」

男が部屋奥へ駆けていったので、ロクは一か八かその隙に隣の書斎に忍び込んだ。襖の向こうで男が怒鳴っているのが聞こえる。

「この馬鹿野郎がぁっ！」

襖の隙間からのぞくと床に花瓶が倒れているのが見えた。男は文句を言いながらこぼれた水を雑巾で拭いている。

騒々しい男だな――ロクはそのまま部屋で待つことにした。幸いこの家には他に人がいなそうだ。月明かりを頼りに室内をまわし見ると、壁一面本で埋め尽くされていた。棚に入りきらないのか床にも無造作に積まれ、縁側の手前には文机があった。

ふと何かが光った。興味深く近づいてみると、見たことのないような瀟洒な蝶貝のペン軸だった。隣には原稿用紙がある。何か書かれているかと思ったが升目はまだ埋まっていなかった。

何か金目のものはないか、と足を踏みだした時である。何やらやわらかいものを踏む感触があった。同時にギャッと闇をつんざく声がし腰を抜かした。暗闇でヴゥと唸り声がする。声のする方を見ると、爛々と輝く二つの目が唸りながら近づいてくるところだった。

猫だと気づいた時には遅かった。黒猫が顔面に猛然と飛びかかってきて、火花で擦られたような痛みを感じた。たまらず逃げ出したが猫は容赦無く追ってくる。ついに足に嚙みつかれ、ロクは縁側に転がった。

「こらあっ！」

そこへ襖が開き、今度は男が怒鳴りこんできた。ロクは息をのむ。驚いたのは男も同様のようで、仁王立ちのままロクを見つめた。

万事休す――逃げねばと思うが腰がたたない。何か言おうにも喉元に塊を入れられたようで、言葉を発することができなかった。するととどめとばかりに黒猫が跳躍し、ロクの顔面をひと搔きし走り去った。

「痛っ！」

ロクは顔を押さえうずくまる。男は落ち着いた様子で見ていたがやがてポンと手を叩いた。

「もしかして井出《いで》君、か？　昼に来ると聞いていたのに随分と遅いじゃないか」

「昼……？」

「使用人だろう、新しい」

今度はロクが手を叩いた。どうやら昼間の書生と勘違いされているようだ。確かに年端は同じ頃合いで背格好もよく似ていた。

「そう、そうなんです！　実は道に迷っちまって。こんな夜分に失礼とは思ったんですけどね。これ以上遅くなるよりはって」

「ほうほう、なるほど。ところで井出君、下の名前は何と言ったかな」

「え？」

「名前だよ。あるだろう？」

「……ロク、井出ロクです」

「井出ロクか……わかった。私が主人の夏目金之助だ。訳あって家内らが家を出ていってね。一人で大変だと思うがよろしく頼むよ。では、早速部屋を案内しよう」

「よろしくおねがいします」

　金之助が歩き出したのでロクも続いた。ひとまず胸を撫でおろすと、あとに続きながら抜け目なく屋敷を物色した。どうせほどなく寝つくだろう。そうしたらめぼしいものだけいただいて、さっさとおさらばすればいい――

「ここが女中部屋だ。狭いが自由に使ってくれ。寝具などは一式押入れに入っている」

通されたのは台所脇の三畳間で斜め前に玄関があった。物が置かれていないせいか、こざっぱりとしてさほど狭くも感じない。

「悪いが私はもう休ませてもらうよ。明日も早いのでね」

金之助はそう言うとひとあくびして去っていった。ロクは早速押入れを開けてみる。中には煎餅布団が一つと、薄手の掛け布団が折り畳まれ上にちょんと枕がのっていた。

最後に布団で寝たのはいつだろうか。ロクは思わず布団に顔を埋めた。今寝ぐらにしているのは谷中《やなか》にある五百坪近い屋敷の物置だった。厩《うまや》を物置にしたものらしく随分頑丈な造りで人も来ない。見つけた時には天の思し召しかと思ったが夏は蚊に襲われるのが難点だった。

体の重みを布団にまかせているとだんだん睡魔が襲ってきた。夜は長い。せっかくだから一眠りしてから起きようか。出て行くのはそれからでもいい——そうしてロクは眠りへと落ちていった。

金之助は団扇《うちわ》をたぐりよせると胸元をあおいだ。部屋には朝陽が差しこみ庭で雀が畑の作物をついばんでいる。

さて、いなくなったかな——昨晩の珍客を思い浮かべ金之助は今さらながら呆れた。一目でならず者とわかった。歳は二十歳に満たぬのではないか。少年のようにあどけない顔をしていたが目はおどおどと始終落ち着きがない。着流しの襟は垢にまみれ離れていていても脂臭かった。大体あの時分に訪ねてくる輩もいるまい。少なくとも来る予定の青年と違うことは明らかだった。

そうと知っていて金之助が一芝居うったのには訳がある。下手に騒いで暴れられても困るし、何か盗ませて警察沙汰にすれば鏡子を呼び戻す言い分にもなる。自分で出て行けと騒いだわりに、いなくなってみると何かと不便なのであった。

どうせ夜のうちにめぼしいものだけ担いで逃げたに違いない——

幸いと言っていいのかどうか泥棒に入られるのは初めてではなかった。前にも一張羅の銘仙から普段着まで綺麗にやられ、一週間ばかりして警察から捕まえたと連絡が来たことがある。慣れていると言えば嘘になるが、多少の免疫があることは確かだった。

金之助はロクにあてがった女中部屋に向かった。斜め前に玄関がある三畳間だ。さあお逃げなさい、と言っているようなものである。

しかし襖に手をかけると、中から盛大ないびきが聞こえてきた。

なんと！

衝撃が体を射貫く。金之助は勢いよく襖を開け放った。視界に飛び込んできたのは掛け布団を股間に挟んだロクだ。まどろむロクを見ながら金之助は震える拳を握りしめた。

「おい起きろ！　この馬鹿野郎っ！」

「ん……え、もう朝ですか？」

「ああ朝だとも。夜に見えるか」

勢いまかせに布団を引ったくるとようやくロクは起き上がった。

「すいません、朝……朝ごはんですよね。こりゃいけねえ。すぐに用意します」

言いながらのろのろと布団を畳むところを見ると完全に寝ぼけているようである。

金之助は悪い夢の続きでも見ているような気がした。

結局、朝食の支度はほとんど金之助がする羽目になった。

座卓にティーカップを置くとロクは興味深げに見つめた。留学先のロンドンで買ったミントトンのティーセットで、ミントンブルーといわれる青い花柄が特徴だ。

日本に戻ってきたのは半年ほど前になる。文部省から英語研究の為命ぜられた名誉ある留学だったが、留学費の不足や孤独感から途中神経衰弱に陥ってしまった。曇り空の日は今もあの暗澹たる日々を思い出す。

それでも得るものが多かったのも事実だ。シェイクスピアなど英文学にとどまらず現地の舞台や絵画などの芸術、また建築にも存分に触れることができた。得たものの一つが洋食である。火鉢であぶったトーストに砂糖かジャムをたっぷりつける。一緒に飲むのは熱い紅茶、これが金之助の定番であった。

「紅茶を淹れてくれ」

金之助が顎でカップを指す。ロクは茶葉の缶を開けるとおもむろに鉄瓶に入れようとした。

「馬鹿野郎！　茶匙を使わんか！」

「匙ですか？」

「ここにあるだろう。こうして掬って擦り切り一杯を入れるのだ」

察するにロクは洋食を食べたことがないようだった。珍しいのかパンや砂糖壺を見てはだらしなく口を開けている。あまりに見るので金之助の方で食欲が失せてしまい、皿ごとロクの前にすべらしてやると一瞬で腹におさめた。食いっぷりの良さは見たことのない類のものであった。

普段食事をとるときは家族とともにせず一人で食べていた。しかし帰国後はパン食がよほど珍しかったのか、鏡子も子ども達もしばらく羨ましそうに見ていたのを覚えている。不意に懐かしさがこみあげ金之助は目をそらした。

「もういい、私は学校へ行く」

「学校？　ご主人、年はいくつですか」

ロクは目を丸くするとしげしげと金之助を見た。

「失礼だな、君は。私は教えに行くんだよ！」

金之助は耐えきれずに立ちあがった。嫁も愚鈍だと思っていたがロクに比べればましである。

いつまでこんな茶番を繰り広げねばならぬのだ。いかん、また血圧が上がってしまう――棚からタカヂアスターゼを出すと口に放り込んだ。帰ってくる頃にはさすがに消えているだろう、と金之助は胃を撫でながら座敷を見やった。


「鏡子、起きなさい！　鏡子！」

母に起こされ鏡子はようやく目を覚ました。そうだ実家に戻っていたんだわ、と寝ぼけ眼で思い出す。実家である中根家は牛込矢来《うしごめやらい》にあった。身を寄せたのは母屋から庭ひとつを隔てた離れだ。

離れとはいえ独立した一軒家で、金之助がロンドンから帰った際は家族で住まわせてもらったこともある。座敷が二つに女中部屋もあり子どもをかかえ大人一人住むには十分だった。何より家賃がいらないのがありがたい。

窓越しに外を見るとだいぶ日があがっていた。庭に花菖蒲《しょうぶ》が咲き乱れ蜂があたりを飛びまわっている。鏡子は乱れた髪をかきあげ庭を見つめた。

「筆子と恒子は？」

「もうとっくにご飯を食べて遊んでいますよ。あなた、いつもこんなに遅いの？」

「だって早く起きると一日頭が痛いんですもの。少し遅くたってそれで一日気分よく過ごせるんならいいじゃありませんか」

「さっさと支度なさい。まったく金之助さんのことばかり言えないわねぇ」

母は呆れた様子で部屋を出ていく。鏡子は浴衣の前をあわせると柱の時計を見た。

今頃どうしているだろうか——自分の朝寝坊は今に始まったことではない。起きるのは大抵金之助の方が早いし、そのせいでくどくど小言を言われるのも慣れた。ただ大なり小なり揉めごとはあったものの、こうして家を出るのは初めてだ。

しかし遅かれ早かれこうなる気がしていたのも事実である。金之助が帰朝してから本調子でないのは傍目にも明らかであった。いや、そもそも洋行中から強制送還されるくらいおかしかったのだが。手紙では慣れない海外生活に困憊する金之助の様子がひしひしと伝わってきた。

金之助は元来真面目な性格だ。きっと切りつめすぎたうえに勉強もしすぎたのだろう。次第に部屋に閉じこもるようになり、ついに文部省から義務づけられている研究報告書を白紙で出した。帰国した金之助を父と国府津《こうづ》まで迎えに行き、久々にその顔を見たときは安心した。傍目にはさほど変わらないようにも見えたのだが。

幸い帰国後は旧知の友人である一高の校長・狩野亨吉《かのうこうきち》の計らいで、すぐに東京で教職に戻ることができた。これでだんだん調子もよくなると思っていたのに、追い打ちをかけるようにあの事件が起きてしまったのだ。さてこれからどうしたものか、と鏡子は深いため息をつく。

新しい使用人のことも心配だった。クビにされた下女の代わりに急遽つてを頼って手配したのだが、今の金之助と上手くやれというのも無理な話だ。鏡子が間に入っていた時でさえ問題が絶えなかった。ある時など金之助が下女に小刀を渡し、こう言ったことがある。

「これを鏡子のもとへ持っていき、存分に小刀細工をしろと言え」

どうやら鏡子が下女を手なずけ、金之助を苦しめるべく策略しているとの妄想に囚われていたようだ。これには鏡子も心底呆れたが下女も気味悪がっていた。この人は本当に病気なのかもしれない、そう思ったのもあの頃からだ。

そうだわ。高浜虚子《たかはまきよし》さんに頼んで様子を見てきてもらおうかしら――

母屋から子ども達の笑い声が聞こえてきた。いつまでもここにいるわけにもいかない。重い腰をあげながら鏡子は思った。

風呂敷を広げると、どこからか黒猫がすべり込んできた。

「しっしっ。遊んでんじゃないんだよ」

さて、これでゆっくり仕事に精が出せると、ロクは猫を追い払い風呂敷の皺を伸ばした。

金之助に叩き起こされたときはさすがに狼狽《うろた》えたが今となれば怪我の功名であった。うっかり寝過ごした自分も呑気だが相手も相当なものだ。

「めでたいにもほどがあるぜ」

あたりを見渡してみるとさほど金目のものは無さそうだった。しかし置時計はいい値がつきそうだ。簞笥の抽斗をあさってみたが着物は数があるだけで金になりそうもなかった。

まったく本を買いすぎなんだ——ロクは舌打ちすると置時計を風呂敷においた。すると窓の向こうから唱歌が聞こえてきて、裏手に学校があったことを思い出した。声を聞くかぎり中学校のようだ。ロクはふと思いたって昨晩の書斎へ向かった。

びっしり本が並んだ書棚は威圧感さえあった。つい触るのがためらわれしばし背表紙を見つめる。その中に黒地の表装に金字で文字が書かれた本があった。気になって手にとってみるとずっしりと重い。顔を近づけると嗅いだことのない匂いがした。しかし開いてみると一面に蟻のような字が並んでおり反射的に閉じてしまった。

「ふん、固すぎて枕にもならないね」

ロクは本をもとあった場所に戻すと台所へ向かった。

それにしても今朝のパンは美味かった——生地は綿のようで嚙みしめるごとに幸せな気分になった。食べながらあとで失敬しよう、と決めていたロクである。

パンは台所の棚に置かれていた。見ただけで思わず涎がこみあげる。ついでに棚をあさると見たことのない缶が重ねられていた。横文字のラベルが貼られ蓋が開いたものもある。缶を取りだすと赤みがかったどろりとした液体が入っていた。よく見ると粒々した黒い種のようなものが混ざっている。

匂いを嗅ぐと何やら甘酸っぱい香りがした。ためしに指ですくって舐めてみると、苺の甘い味が口の中に広がりまるで夢の中にいるような心地になった。ロクはひとすくい、いやもうひとすくいと舐め続けついに一缶あけてしまった。

かさばるがこれも持って行こう、ともう缶を抱えた時である。

「御免下さーい。寅彦《とらひこ》です」

玄関先から声が聞こえのぞくと見知らぬ男が立っていた。ひょろりとした着流し姿で長い風呂敷包みを手にしている。年はロクより五つ六つ上に見え青白い瓜実顔《うりざねがお》に切れ長の目をしていた。

ロクは息をひそめ寅彦が去るのを待つ。するとどこからか黒猫がやってきて、飯をくれと言わんばかりに鳴きたてた。ロクは必死に顔で威嚇をする。ところが猫はさらに声をあげて鳴き、泣きたいのは自分だと思っていると、ひょいと寅彦が玄関からこちらをのぞきこんだ。

「なんだ君、いるんじゃないか。先生は？」

「……学校です」

「そうか、少し早かったか。ところで君は？」

寅彦が訝しげな目を向けてくる。ロクは渋々つぶやいた。

「僕は、その……新しい使用人です」

ロクが座布団を差しだすと寅彦は慣れた様子で胡座《あぐら》をかいた。細い顎を撫でながら言う。

「なるほど。僕は寺田《てらだ》寅彦、夏目先生の門下生です。それにしても……とうとう男にしたか」

「と、言いますと」

「先生は我々男連中にはすこぶる慕われるが、なぜか下女には嫌われる。いつもくだらぬことで喧々囂々《ごうごう》、長く続いたためしがない」

寅彦は高めの声で笑った。目は鋭い三白眼だがどことなく飄々とした雰囲気がある。

「まあ直に戻るでしょ。それまで待たせてもらうよ」

「えっ、待ちますか?」

「いいのいいの、いつものことだから。それより見てよこれ」

寅彦は手元の風呂敷を広げた。包まれていたのは尺八である。

「いいだろう。今度尺八の音響学的特性を実験で解明してみようと思ってね。よかったら君、少し聞いてみるかい」

寅彦は勢いよく息を吸い込むと尺八をくわえた。しかし出てくるのは消え入りそうな細い音ばかりである。本人は名調子なつもりなのかしばらく吹くと自慢げに顔を上げた。

「どうだい？　これがなかなか難しいのさ。わかるかい」

寅彦はなおも尺八を吹き続ける。ロクが観念してうなだれると庭先から声が聞こえた。

「これはこれは。寺田寅彦独奏会ですか」

縞の着流しに麦わら帽をかぶった男が扇子で顔をあおいでいる。年齢は寅彦よりもさらに上だ。整った顔に刈りそろえられた髭をたくわえており目を細めていた。すると寅彦が「高浜さん！」と目を輝かせた。

「寺田君、この方は？」

「新しい使用人の方だそうですよ」

「そうですか。私は高浜虚子といいます。夏目さんには常日頃お世話になっております」

「ろ、ロクです」

ロクはぺこりと頭を下げる。虚子は縁側から上がりこむと腰を下ろした。

「夏目さんは？　何でも鏡子夫人が出て行かれてしまったとか」

「私もそれが心配で伺いました」

「心配しているようには見えませんが」と、虚子は尺八を見つめる。

「なあに、先生が授業から帰ってくるまでの暇つぶしですよ。高浜さんもどうですか」

「どうって楽器がないでしょう」

「ありますよ、ほら」

寅彦が箪笥の上を指した。無造作に置かれていたのは鼓《つづみ》である。

「君も聞きたいだろう。高浜さんの鼓はなかなかだぜ」

「はぁ」

寅彦はわざわざ立ちあがって鼓を持ってくると虚子に渡した。

「さぁさぁ、せっかくです」

「仕方のない人ですね」

虚子もまんざらではなさそうに鼓をまわし見る。ロクは痺れる足をさすりながら唇を噛んだ。

校舎の廊下を歩きながら金之助は胃をさすった。

どうやら薬が効いているらしい——手には念入りに用意した講義ノートとウェブスターの英和辞典を持っている。金之助が第一高等学校の講師に就任したのは今年の春のことだ。留学先のロンドンで心身ともに調子を悪くし帰国したのが一月。実のところ完全に具合が良くなったわけではない。

しかし働かなければ食っていけぬ。そこで一高の校長を務めていた帝大生時代からの友人・狩野亨吉に相談を持ちかけたのだった。おかげで英文科講師の職を得て、また時同じく帝大からも声がかかり二校の間を行き来することになったのだが、今のところ喜び勇んでというわけではない。

帝大の方は英文学者であり作家としても有名な小泉八雲《やくも》という外国人講師の後任で、八雲は生徒から絶大な人気があったが大学側と折り合いが悪かった。八雲が追われるように大学を去り後釜に座ったのが金之助である。必竟生徒の反感を買う。歓待されていないことは金之助も肌で感じていた。

また一高でも由々しき問題があり、どちらも目をつむって渋々行くというのがもっぱらの現状だった。

今日は何を企んでいることやら——教室の前で金之助は一息ついた。中からざわざわと生徒達の話し声がする。戸を引くと話し声がピタリとやんだ。

生徒が自分を注視しているのがわかる。金之助は教壇に向かう途中で立ちどまった。黒板にでかでかと自分の顔が描かれている。白墨で描かれた金之助はダブル・カラーの襟をつけ頭をぐっとそらしていた。

生徒らから失笑が漏れる。金之助は黙って落書きを消した。笑いはさざ波のように教室に広がっていく。むっつりしたまま椅子を引くと何かに引っかかった。のぞきこむとご丁寧に紐で机にくくりつけてある。どっと笑い声が湧いた。

なかなか手の込んだことをしやがる——金之助は教材を広げるとおもむろに英語で話し始めた。あてつけのように早口なのは無論考えあってのことだ。

「From now on, I announce the range of the first test. I'll only say it once, so don't miss it……」

生徒達は唖然として見つめた。金之助は一層早口でまくしたてる。

「If it blames……」

「おっおい、何だよ、何て言ってるんだ」

「早すぎてわからない」

「まさか試験の出題範囲を言ってるんじゃないだろうな」

「クソッ、そう来たか！」

生徒達は慌ててノートを広げると鉛筆を走らせた。

金之助はふと視線に気づき廊下を見た。すると狩野亨吉が心配そうにこちらを見ている。旧知の友を悲しませるのは本意ではない。

「さて、では今日の授業を始めよう」

金之助はダブル・カラーの襟を正すと生徒らに向き直った。

授業が終わると金之助はまっすぐ家へ向かった。千駄木の家は学校から歩いて十分とかからぬところにある。坂を下りながら思いは自然と昨晩からの闖入者に及んだ。あいつはさすがに帰っただろうか。こちらが言ったことに便乗し「はい私がその書生です」と上がりこんだまではいい。しかし朝になっても寝ているのには金之助も驚いた。

何ともふてぶてしい輩だ。これも若さがなせる業か？　頭を燻らせながら家の近くまでくると、何やら笛のような音が聞こえてきた。

はて、と隣の家を仰ぎ見る。右手には二弦琴のお師匠さんが住んでいて時折風雅な音色が聞こえてきた。人を集め演奏会でもやっているのかと思ったが、音はてんでばらばらで聞くに耐えない代物だ。しかもよくよく耳を澄ますと隣ではなく我が家から聞こえてくるようだった。

金之助はくっきりした二重瞼をさらに見開いた。足早に座敷に向かうと虚子と寅彦が楽器で遊んでいるところであった。ロクは部屋の片隅でげんなりしている。だが金之助に気づくとパッと顔を上げた。

「おっ、お帰りなさい!」

「……お前」

わからん。なぜまだいるのだ――金之助は畳に鎮座する闖入者を見つめた。もしかして来る予定だった書生本人なのか? いやそんなはずはない。なぜなら、とめまぐるしく頭を動かすも考えれば考えるほどわからなくなる。

「おや、主役の登場ですね」

言葉を失っていると寅彦がニヤリと笑った。虚子も鼓を下ろして言う。

「夏目さんもどうです、一つ謡われては」

「さあさあ。せっかくです」

謡わねばどうにもおさまらぬ雰囲気である。強引に寅彦に座らされ金之助は考えることを一旦放棄した。どうやら理解の範疇を超えすぎているようだ。

「では、オッペケペー節を」

投げやりに胡座をかくと虚子が鼓を持ちあげた。オッペケペー節は知らぬものはいない流行歌だ。金之助は息を吸いこむとやおら謡いだした。

「いよぉっ」

虚子が鼓を叩くとポォンと大きい音がした。あまりの音に金之助の声が裏返る。威勢よく謡いだした金之助の声は次第に小さくなり、虚子が鼓を叩くたびに小さく震えた。

「全然出てないじゃないですか」

寅彦の指摘に虚子とロクも吹きだした。つられて金之助も笑ってしまう。ついには一同で声をあげ笑った。ひとしきり笑うとほぐれたのか金之助の歌声はだんだんと大きくなった。虚子と寅彦も呼応するように演奏する。一座が謡う中徐々に日が傾いていった。

そうして夕陽が座敷の奥まで伸びるころ皆で一杯やり始めた。黒猫が縁側で眠っている。虚子はぐい呑をあけつつ言った。

「今日は声が出てましたね。前はもっとひょろひょろしていたのに」

「授業でも結構喋ったからな。生徒がタチの悪い悪戯をするから、英語で試験の出題範囲をまくしたててやったよ。黒板の似顔絵はなかなか似ていたがな」

「大人げないですねえ」と寅彦は呆れている。

かくいう寅彦もかつて金之助が熊本の第五高等学校で教鞭をとっていた頃からの教え子であった。親交の始まりは俳句がきっかけで、寅彦が帝大の物理学科に進学した今も濃密な師弟関係を続けている。

虚子との付き合いももう十年以上になる。松山に帰省していた盟友・正岡子規《まさおかしき》の自邸で出会った時、虚子はまだ十八歳だった。今では病気で亡くなった子規の遺志を継ぎ、ホトトギスという文芸誌の主宰を務めている。

「まったく嫌になるね。どの学生も愚劣低俗の極み。学業の本分も忘れいらぬ騒動ばかり起こしたがる。学識浅薄、横行闊歩とはこのことだ。こちとら他に食扶持さえありゃ、教職などすぐに辞めてやる」

金之助はさほど酒が強くない。ちびりとなめると吐き捨てるように言った。

「だから前々から言っているでしょう。文章を書くべきです、あなたは。ホトトギスに寄稿してくれと頼んだ原稿はどうしました」

虚子に言われ金之助は黙りこんだ。

「なぜ、書かないのですか？」

書かないのではない。書けないのだ——これまでにも俳句や評論を寄せたことはあった。しかし小説となると如何ともしがたい畏怖の前に、筆を持つことさえ躊躇《ためら》われてしまう。子規はその短い生涯をかけ幾度となく小説を書くことに挑んだ。第一高等中学校にいた頃寄宿舎の机にかじりつくようにして、創作にあたっていた子規の姿を思い出す。

子規は文芸全般に造詣が深かった。俳句、短歌、浄瑠璃、戯曲、漢詩、漢文……中でも「一番自由がある」と小説に可能性を感じていた。それこそ身を削るようにして俳句においては膨大な量の作品を世に送り出した子規だが、小説に関してはついに納得のいくものを書きえなかった。あの溢れるほどの創作意欲を以てしても、だ。

小説は書こうとして書けるものではない——そう金之助は感じていた。

「おーい。料理はまだか！」

虚子の問いを遮るように金之助は台所のロクに向かって声を張った。

「はーい、ただ今！」

返事とともに激しい物音がする。どうやらたらいを落としたらしい。襖越しに料理らしからぬ騒々しさが伝わってきて、金之助は一抹の不安を覚えた。

中根家の食卓には色とりどりの料理が並んだ。たっぷりのひじきに櫛形に切り分けたトマトと枝豆、ほうれん草の胡麻和えに芋の天ぷら、今晩は鯛のあら煮まである。

見習いたいものだわ――母の料理に舌鼓を打ちながら鏡子は思った。もとより料理が苦手である。普段夏目家の食卓に並べるのは一汁二菜か三菜に香の物程度だ。今頃あの人は何を食べているだろうか。台所にあるのは米と庭で採れた野菜程度だし、およそ自炊ができるとも思えなかった。洋行帰りの金之助は、胃が弱いにもかかわらず脂っこい食べ物が好きであった。青魚を嫌うので鏡子は肉と魚を一日置きに用意したものである。

いつだっただろうか。金之助がすき焼きを気に入って美味しいと言うので、何日も続けて出したことがある。鏡子としては良かれと思ってやったつもりだったが、途中で嫌気がさしていたらしい。いつまで続けるつもりだなどと怒りだし、しまいに喧嘩になったこともあった。

筆子が枝豆を口に入れながらたずねた。

「おとうさん、ごはんは？」

枝豆は金之助の好物であった。それを見て思い出したのだろうか、と鏡子は思った。

「大丈夫ですよ。出前もありますから」

つっけんどんに答えると、筆子は母の機嫌を察したのか黙って枝豆をつまんだ。実際に出前や仕出しを頼むことも少なくはなかった。客の多い家であったし、無論鏡子が料理が得意でないということもある。ただこうして離れてみると、結局日がな旦那のことを考えている。鏡子は今さらながらそのことを思い知らされた。

不意に玄関先から物音がした。母親が気づいて立ちあがる。

「あらお父さんかしら。帰りは明日だって言ってたのに」

思わず鏡子の気が重くなる。父・重一《しげかず》は知人を訪ね先週から京都に行っていた。もし予定を切り上げ帰ってきたのなら、鏡子と話をする為に他ならない。これまでにも二人の諍いを相談したことはあったし理解も示してくれていた。しかし別居とあれば話も変わってくるだろう。重一の足音が近づいてくるのを聞きながら、鏡子は食欲が遠のくのを感じた。

なるほど不味そうな料理とは見た目でそうとわかるものだ。

出来あがった料理を見つめつつロクは思った。そもそも台所にはほとんど食材がなかった。米を炊く時間もなく、何とか畑にあった野菜をかき集めてみたものの、火の加減を間違えほとんど焦がしてしまった。卵焼きはあられのように崩れ、まともに口に入れられそうなのは塩をふった胡瓜とトマトしかない。仕方なくそれらしく皿に盛ったのをひとまず食卓に並べると、金之助が箸で卵焼きもどきをつまんだ。

「何だこのぐずぐずしたやつは」

「卵焼きです」

ロクがかしこまると、金之助は片方の眉をこれ見よがしにあげた。

「料理ができる人間を頼んだはずなんだがな」

ロクは微かに肩を揺らす。すると横合いから虚子がなだめた。

「まあまあ。せっかくだからいただきましょう。見た目では味はわからぬ卵焼き、ってね」

「そうです。これで冷めた日には目もあてられません」

寅彦が続き渋々金之助も箸を口に運んだ。

「あ、意外にいけますよ」

「うん。夏目さんの胃にはこれぐらい素朴な味の方がいいかもしれません。夫人の料理は割合こってりしてましたからね」

「あいつはもう妻ではない」

「先生厳しすぎるんですよ。夫は何でもウンウン言ってデレデレしてればいいんです」

「さすが新婚の言う事はウンデレだね」

寅彦はへへ、と相好を崩した。今は何を言われても嬉しいようだ。それにしても、とロクは不思議な思いで三人を見つめた。大の大人が昼間から派手に謡ったかと思えば、酒を飲みながら他愛のない話に興じている。何とものんびりとしていてこれまで会ったことのない人種なのだった。

「なぁに直に戻ってきますよ。ロクさん、夏目さんにお酒もひとつ」

虚子は片口の酒を注ぐとロクに振って見せた。金之助はすでにガス灯の下で見てもわかるほど顔が赤くなっている。幾分酒のすすんだ寅彦も、虚子を真似て五・七・五の口調で言った。

「そうです。うらはらな、女の嫌よも、好きのうち。別れるは別れたくないの裏返しです」

「ふん、馬鹿馬鹿しい」

「本当ですよ。身投げすると言いながら欄干に紐をくりつけているのが女という生物です。その点男はかないません」

金之助の箸がとまった。あっと寅彦が息をのみ、一連の話を聞いていた虚子も思わず眉をひそめた。

「確かに、あいつなら華厳《けごん》の滝《たき》に飛びこむこともなかろう」

金之助は低い声音でつぶやくとスッと箸を置いた。

「失礼する」

「あれっご主人、酒はもういいんですか」

酒瓶を手にしたままロクが言うと金之助が鋭い目線を投げかけてきた。まるで雷に打たれたように体がすくむ。顔とせり上がった肩から苛立ちが滲み出ていた。

「……おい、お前いつまでいる気だ」

「え？」

「何がご主人だ。聞こえなかったのか？　いつまでいる気だって言ったんだ！」

室内を静寂が覆う。ロクは冷水を浴びせかけられたような気がしてその場に凍りついた。

金之助は後ろ手に激しく襖を閉めるとそのまま書斎にこもってしまった。通夜のように静まり返った座敷に、襖越しにマッチをする音が聞こえてくる。金之助が煙草を吸おうとしているのだ。しかし上手く火がつかないのか、やがて何かが壁に叩きつけられる音がした。

「すいません、ロクさん。せっかく用意していただいたのですが、今日のところはこれで失礼した方が良さそうです」

虚子が申し訳なさそうに言い寅彦もゆっくりと立ちあがった。ロクは足取りの重い二人を玄関先まで見送ることにした。寅彦はバツが悪いらしく頭を垂れている。

「大丈夫。いつもの癇癪ですよ」

慰めるように虚子に肩をたたかれ「はい」と返事した。

ロクには気になることがあった。安易に口にするのはためらわれたが、今聞かねば知る機会は失われてしまう気がする。ついに、尋ねた。

「あの、すいません。華厳の滝って何ですか？」

すると寅彦が声を荒らげた。

「君、知らないのか？　この間先生の教え子が華厳の滝に飛びこんで自殺しただろう」

「寺田君！」

虚子が書斎に目配せをする。寅彦はあっと口をつぐんだ。

「自殺……？」

虚子がしぃっ、と口元に指をあてる。

「今はまだ、この話を夏目さんの前でしないことです」

ロクはただうなずいた。自分でもやや混乱しているのがわかる。外に出ると夜空に霞がかった月が浮かんでいた。隣の家では夫婦喧嘩をしているのか金切り声が聞こえてくる。

「ではこれで。お邪魔しました」

「お、お大事に」

虚子に一礼されロクは思わず口ごもった。慣れないやり取りで言葉がすぐに出てこなかったのだ。

「何ですか、お大事にって。お気をつけてと言いたかったのですか？」

「まあそうですね」

寅彦に言われ頭を掻いた。虚子はなぜか目を細めている。

「面白い人ですね。ロクさん、夏目さんをよろしくお願いします。あなた幸せですよ。

先生のもとで働けるのだから」
はっきりとした口調だった。表情から意志の強さが伝わってくる。ロクは言葉を返すことができなかった。

鏡子は子ども達を寝かしつけるとふたたび母屋に戻った。重一から「後で来るように」と言われていたのだ。応接間に行くと重一の姿はまだなかった。廁にでも行っているのかテーブルの上には無造作に新聞が置かれたままだ。しかし一面の記事に気づき口元を押さえた。

『藤村《ふじむら》の挙を真似、華厳の滝入水が流行』

読むほどに胸が締めつけられるようであった。第一高等学校の生徒であった藤村操《みさお》は、この夏を前に日光《にっこう》華厳の滝で投身自殺を図った。記事にはいまだにその行動を真似て、華厳の滝に身投げする人間が後を絶たないと書いてある。

あの人もこの記事を読んだだろうか――

「鏡子、来たのか」

顔を上げると重一が立っていた。ブランデーの入った洋杯を手にしている。鏡子はさっと新聞を畳むと傍に寄せた。重一はちらりとそれを見たが何も言わずに長椅子に腰掛けた。ガス灯に照らされた重一の顔はいつも以上に老いを感じさせる。官僚として偉才を発揮していた頃の面影はとうにない。

重一はかつて貴族院の書記官を務めていた。大隈《おおくま》内閣が終わった後も在籍していたが、新内閣発足後は何かと軋轢があったらしい。結局議長の近衛《このえ》から促され辞職することになった。

退官後はひまを持て余したのか相場に手を出し失敗した。一時期は金之助に援助を頼んだほどだからよほど困っていたのだろう。かくいう鏡子とてかつては鹿鳴館《ろくめいかん》の舞踏会に出席したこともある。しかし中根家の羽振りがよかったのはとうに昔の話であった。

鏡子は父の変わりぶりに侘しさを覚えた。しかし自分がさらなる心労をかけていることを感じずにはいられない。重一は洋杯を傾けると深い息を吐いた。鏡子もすでに聞かれることはわかっている。

「これからどうするつもりだ？　夏目君と別れるのか」

「いいえ、別れるつもりはありません。今のあの人は病気なんです。落ち着くまで離れるよりほかに方法がありません」

「病気？」

「ええ、こころの……だからしようがないんです。嫌いで別れるならいいですがそうじゃないから別れません」

「治らなかったらどうするつもりだ」

「その時は及ばずながら戻って看病します。もし私と夏目が別れたとしましょう。後で誰か後妻が入ってきたとしても、あんな風にやられて誰が辛抱できるものですか。きっと一ヶ月ももたないでしょう。こうなったからには私もどうなってもようございます」

「お前それでは投げやりではないか」

重一が厳しい視線を向けてきた。鏡子も負けじと見返したがなぜか瞼が熱くなる一方だった。

今さらあの人と別れるなどあるものか――その時「おかあさん」と筆子の呼ぶ声がした。柱の陰からあどけない顔をのぞかせている。

「あら、どうしたの」

「おしっこ」

「はいはい。行きましょうね」

鏡子は筆子の手をとると逃げるようにその場を離れた。去り際にちらりと重一を見ると洋杯をあおっていた。

どこから話を聞いていたのだろう。鏡子は筆子の小さい手を握りしめた。すると筆子もきゅっと握り返してくる。二人で廊下を歩いていると簾戸越しに虫の音が聞こえた。

「ねぇ、いつ、おうちかえる？」

「えっ？」

「おうち。まだかえらない？」

筆子は不安そうな顔で鏡子を見あげている。

「そうね。お父さんの具合がよくなったらね」

「おとうさん、どうしちゃったの？」

「お父さんは、今悪い夢を見ているの」

「じゃあ、ゆめがさめたらかえれる？」

虫の音が一層大きくなる。鏡子は精いっぱい微笑んでみせた。

「ええ、醒めたらね」

ロクは片付けをすますと女中部屋に戻った。隣の夫婦喧嘩もやんだようであたり一帯静まり返っている。押入れを開けると風呂敷が畳んであった。色褪せ使い古したそれをロクはしばしば見つめた。

今のうちにめぼしいものを入れて出ていくか？

しかし虚子の言葉が頭をよぎった。

〝あなた幸せですよ。先生のもとで働けるのだから〟

そんなはずがあるものか――ロクは右手の親指を見た。いびつに変形した指は、もはや思うように動かすこともできない。かつての主の仕打ちだった。ロクにとって主人とはそういうものだ。家畜のように扱われ逆らえば虐げられる。おおよそ幸せとは結びつかない存在、それどころか憎悪の対象でさえある。金之助だって怒りっぽくて変わり者の偏屈親父にしか見えなかった。

ロクはそっと襖を開けると廊下に出た。書斎の灯りはすでに消えている。もう横になったのだろうか。だとすると隣の六畳間に布団を敷いたはずだ。ロクが音を立てぬよう様子を見にいくと、六畳間の襖越しに呻き声が聞こえてきた。耳をあてると金之助がうわ言を言っているのがわかった。

襖を少し開けのぞくと金之助はすでに布団に横になっていた。微かに煙草の匂いがするから先ほどまで吸っていたのかもしれない。枕元には相変わらず本が積まれていた。

急に金之助が寝返りをうったのでロクは思わず身構えた。しかしほどなく寝息が聞こえてきて、ふぅと息を吐く。そっと顔を近づけてみると、はだけた胸元にひどい汗をかいていた。呼吸も浅く寝苦しそうにしているのがわかる。

「う……やめろ、ダメだ……」

聞き取れるほどの寝言だった。苦しそうな様子を見かねロクはひざまずく。

起こすか――？　その時だ。金之助がはっきりと叫んだ。

「ダメだ……藤村！」

ロクは反射的に金之助を揺すった。二重の目が開かれ宙をさまよう。見ると額や鼻の頭にも汗をかいていた。

「大丈夫ですか？」

「あ……ああ」

ひどく掠れた声だ。起き上がろうとする金之助をロクは支えた。呼吸が浅く、浴衣はひどく汗ばんでいる。

「俺、水、持ってきます」

ロクは台所に行くとコップに水を注いだ。ひんやりとした冷たさが手に伝わってきて、金之助の熱のこもった背中の感触が思い出された。すると、甘えるような鳴き声とともに黒猫が入ってきた。腹が減っていたのか脛《すね》に頭を擦りつけてくる。まだ飯をやってなかったことを思い出し、皿に鰹節を盛ってやった。猫は貪るように顔で皿を押しながら食べている。

もう少しこの家にいようか——

いずれ身元が割れることを考えれば長くいるのは得策ではない。ただ、なんとなく今出ていく気になれなかった。


翌朝は梅雨が明けたかのような快晴だった。

金之助は手紙を書き終えると書斎の縁側から庭先を見つめた。紫陽花はところどころくすんだ色に変わり、朝顔のつるが伸びている。空は雲ひとつなく今日は暑くなりそうだ、と金之助は思った。

朝食を食べ終えると金之助は用意してあった封書をロクに渡した。表に『欠勤願』と書いてある。ロクは封書を受け取ると不思議そうにまわし見た。

「何ですか、これは」

「第一高等学校へ持って行ってくれ」

「学校へ？　先生がこれから行くのではないですか」

「私が行かないから君が持って行くのだ」

「なぜです」

どうもこの青年と話していると埒があかぬ。大体いつまでこうして書生のふりを続けるつもりなのか――金之助は呆れながらも昨夜のロクを思い出した。

ロクは水を持ってきたあとなかなか立ち去ろうとしなかった。「本当に大丈夫ですか」と何度もたずね、最後は追い出されるように出ていった。夢にうなされ介抱など鏡子にもされたことはない。背中にあてがわれた手は力強く温かかった。金之助は顔を背けると突き放すように言った。

「なぜって見ればわかるだろう。字が読めないのか君は」

軽口のつもりであった。昨晩の醜態を見られたという照れもあった。しかしロクの顔が見る見る赤く染まっていく。金之助はしまった、と思ったがすでに遅かった。ロクは欠勤願を握ったまま立ちあがると脱兎のごとく部屋を出ていった。

「あっ、おい！」

金之助も慌てて追いかける。しかし日頃の運動不足がたたったのか、下駄を引っ掛けたところで足をつってしまった。

「ぬぅ……」

金之助は三和土《たたき》に下駄を叩きつけた。

私としたことが何たる失言。吐いた言葉ばかりは元に戻せぬ――いつもの感覚が襲ってきて腹を押さえた。胃の痛みはこうして金之助にまとわりつき離れることがない。

金之助はよろよろと立ちあがると表門の木戸を閉めた。家の中に戻ると女中部屋の襖が開いたままになっている。足を踏み入れるとロクの匂いがした。

もう戻って来ぬかもしれぬな――乱雑に畳まれた布団を見ながら金之助は思った。

## 第二章　夏休み

千駄木横丁は相変わらずの人出で賑わっていた。

人の多さにロクはひた走ってきた足をとめる。気持ちはまだおさまらない。砂利を蹴りあげると眼前に土煙があがって思わずむせた。馬鹿みたいに咳きこんでひとまず息が落ち着くのを待つ。地面に汗が滴った。

顔を上げるとちょうど視線の先に〝萬〟と染め抜かれた印暖簾があった。窓辺には見覚えのある丸帯が飾られている。金糸銀糸が陽ざしを浴びきらきらと光を放っていた。

随分目立つところに飾ったたな――

振り返ればつい最近のことなのに随分前のような気がした。頭の中で店主の声がする。

〝代々受け継いだ嫁入り用の衣装だったんじゃないのかね〟

あの帯の持ち主は今頃どうしているだろう。失くしてしまった悲しさに打ちひしがれているのだろうか。ロクは帯から目をそらすとふたたび歩きだした。

どうにも気分が晴れなかった。自分だって好きで泥棒稼業に手を染めたわけじゃない。食う為に背に腹は代えられないと、割り切ってやってきたはずなのに後味の悪さは増す一方だ。少しでも早くその場を去りたくて走り出すと、横丁の曲がり角で駆けてきた子どもとぶつかりそうになった。

「おっと、ごめん」

慌ててよけると子どもは何事もなかったように走り去る。ロクはその後ろ姿をしばし見つめていた。

ロクが奉公に出たのもあれくらいの年だった。向島《むこうじま》の農家の六男坊として生まれ、両親、祖父母をふくめた大家族の中で育った。その頃の記憶は楽しいものでしかない。兄達はよくロクの面倒を見てくれたし、貧しくともにぎやかな家だった。

九つのときに日本橋《にほんばし》の海堂《かいどう》時計商にあずけられることになった。別れの前夜ロクは母親に抱えられるようにして眠った。寝入りばなに母に言われた言葉を思い出す。よく旦那さんの言うことを聞くんだよ。いい子にしていればお前も学校に行かせてくれるかもしれないからね――

海堂時計商は江戸から続く老舗の時計店で、土蔵造りの屋根に大看板が掛かっていた。畳敷きの店内は壁一面時計が飾られ、初めて訪れた時には興奮したことを覚えている。けれどそれが地獄の始まりだった。

ロクは記憶を振り払うように歩きだした。そうかといって行くあてもない。勢いあまって飛びだしてきてしまったため銭すら持っていなかった。ふと手に封書を握ったままなのに気づいた。金之助から渡されたそれは、強く握りすぎていたせいで雑巾を絞ったようになっている。

〝字が読めないのか君は〟

金之助の言葉が頭をよぎる。ロクは腕を振りあげたがほどなくおろした。

あの人はきっともう学校へ行きたくないんだ——

通うことさえ出来なかったロクにしてみればそれは贅沢な悩みに思えた。〝学校〟はロクにとって特別な響きを持っている。金之助は教える方だけれども学校に毎日行く、というのは羨望の対象でしかない。

だが昨晩の金之助のうなされようを見ると、頼まれ事を無下にすることもできなかった。生徒が自殺した、と寅彦が話していたのを思い出す。そのことが金之助を苦しめているのか、詳しいことはわからない。けれどロクは見てしまった。眠りに落ちてまで苦悶する姿を。

　夏の陽ざしが容赦なく肌を焼く。ロクはひどく喉が渇いていることに気がついた。どこかに井戸がないかと見回していると右手に生い茂る緑に気づいた。

　根津神社だ――ロクは北門の鳥居をくぐると足早に境内をすすみ、拝殿の前に手水舎があるのを見つけた。一枚岩を切りだしたと思われる水盤からは澄んだ水が滴っている。駆け寄ると柄杓に汲んだ水をあおるように飲んだ。あまりの冷たさに目が覚めるような思いがして、もう一杯掬うとおもむろに頭からかぶった。

　水は髪を、そして褐色の肌をつたいじわじわと着物を濡らしていく。ひんやりとした冷たさがたまらなく心地よく、のぼせた頭がだんだん鎮まってくるのがわかった。ロクは目を開けると大きく深呼吸をした。まわりの緑の鮮やかさにあらためて気づく。一帯の木々には目を瞠る高さのものもあり樹齢を思わせた。

　右手には透塀《すきべい》に囲まれた総漆塗りの重厚な拝殿があった。賽銭箱の前で老人が手を合わせている。よほど大事な願い事でもしているのかなかなか顔を上げない。何をそんなに祈ることがあるのだろうか、とロクは思う。

　願掛けなど久しくしていなかった。祈ったところで現実は変わらないのだと身を以て知っている。そのまま楼門を出ようとすると池に渡した橋の右手に朱色の鳥居があった。割合小さく人一人がゆったり通れるほどの幅である。しかも一つではなくその先に幾重にも連なっているのであった。

ロクは吸い込まれるように鳥居に向かうと石畳の上を歩きはじめた。朱色の鳥居は果てしなく続き、まるでそのまま別世界に通じているようだ。

もしも真新しい世界に行くことができたなら——

やり直したかった。もし今度生まれ変わったら貧しくない家に生まれ学校に通うのだ。学問を身につけ食える職につく。仕事のない時は仲間達と遊ぶ。そう、彼らみたいに。

それぞれの鳥居には何やら文字が書かれているがその一つもロクは判別できなかった。書かれていることがわからない。それだけでまるで立ち入ってはいけない場所に足を踏み入れているような気持ちになる。

とうとう逃げ出したくなってロクは歩みを早めた。鳥居のまわりには鬱蒼とした緑が茂っている。足はどんどん早くなりついに駆けだした。息せききって駆け抜けるといきなり視界がひらけた。左手にお稲荷さんがある。右手は神社の中でも高い位置にあるのか境内が一望できた。あがった呼吸が鎮まってくる。ロクはしばしの間景色を眺めていた。

これからどこへ行こうか――行くあてがないというのは初めての経験ではないものの、言い知れぬ喪失感があった。おそらく心のどこかで期待していたのだ。もしかしたらあの家でこれまでとは違う景色が見られるのではないかと。

不意に面白くなくなって来た道を戻ろうとすると、石畳の上にうずくまっている老人がいた。さっき拝殿で手を合わせていた男だ。ロクは駆け寄って支えた。

「大丈夫ですか？」

「ありがとう。年々足腰が弱くなってしまってね。こんな石畳につまずくとは情けない」

老人はかくしゃくとした様子で答えたがロクはそのまま付き添うことにした。どうせ戻る道だ。寄り添って歩く鳥居はさほど狭くもない。

「ここはよく来るんですか？」

「あぁ散歩がてらにね。この鳥居は北から南に通ると邪気が抜けると言われているんだ。ちょうど今、私達がしているようにね」

「へぇ知らなかった。そう言えばこの鳥居には何か書いてありますね」

「これは稲荷神社に奉納した人の名前と叶った願い事だよ」

老人は立ちどまって手前の鳥居を指した。朱色の柱に黒く文字が浮かんでいる。老人はゆっくりと読み上げた。

〝商売繁盛　二宮清吉《にのみやせいきち》〟

「こっちは奉納した日の日付だ。ここの鳥居はなかなか数があるだろう。それだけご利益があるお稲荷さんってことだよ」

確かに言われてみれば一本一本書かれている文字は違うようだ。ロクはふたたび顔が熱くなるのを感じた。老人は気づいたのかそれ以上何も言わなかった。最後の鳥居をくぐり抜けると、老人はロクに礼を言った。

「助かったよ。君もせっかくご利益があるところに来たんだ。何か願掛けでもしていったらいい。さっき、拝殿に入らなかっただろう？」

見られていたのか、とロクは思った。だが今さら願い事をするような気持ちは持ち合わせていない。ただ不思議なことに先ほどまでとは違った思いが心の裡に湧きつつあった。

俺はいいのか、このままで。名前も読めず書けない人生のままでいいのか――

木漏れ日が差して太陽を見あげた。ロクの願い、それは現状から抜け出すことだった。叶わぬと思い込みいつしか願うことすら忘れた。

ふと金之助の書斎を思い浮かべる。膨大な量の本に囲まれた部屋、今ロクが足を踏み入れることができる〝非日常〟の空間だ。もし今失ったら二度と入ることも、出会えることもない気がした。ロクは懐から金之助に託された封書を取りだすと丁寧に皺を伸ばした。

そうだ、せっかくあれだけ行きたかった学校へ入れる機会だ——ロクは意を決すると顔をあげた。

「すいません、第一高等学校へ行きたいのですが」

すると老人が訝しげな顔をした。そうして骨ばった腕をあげるとロクの肩越しを指した。振り向くと表坂門の鳥居の向こうにそびえ立つ建物がある。

「第一高等学校はあれだよ」

すぐ近くであった。ロクは煉瓦造りの校舎へさほど年の変わらぬ青年達が入っていくのを見つめた。皆、筒そでに袴を揺らし脇に本を抱えている。

「じゃあ私はこれで失礼するよ」

老人がいなくなってからもロクはしばらくその様子を見ていた。なぜか一歩がなかなか踏み出せない。建物の荘厳な雰囲気のせいだろうか。それとも長年抱きつづけた学校そのものに対する憧憬のせいだろうか。やがて誰もいなくなりロクはようやく歩きだした。

手紙を渡すだけだ。しかしひとたび門をくぐると自然と気持ちが昂ぶった。板張りの廊下からはそれぞれの教室が見渡せた。授業が始まったらしく校舎はしんと静まり返っている。ロクは緊張に胸を高鳴らせながら人のいない廊下を歩いた。教室では教師が何やら黒板に書き込んでいる。ロクは硝子戸越しに授業風景を見つめた。

あの人もあんな風に授業をしていたのだろうか——見ていると教壇で弁をふるう金之助の姿が目に浮かぶようだった。

「君、何か？」

不意に声をかけられ振り返ると銀縁の丸眼鏡をかけた男が立っていた。

仕立ての良さそうなスーツに蝶ネクタイを結び、たっぷりとした口髭を生やしている。ロクは懐から封書を出すと男に渡した。

「あ、これを持って行くよう主人に頼まれて」

男はしわくちゃの封書を受けとると眉をひそめた。

「主人？」

「夏目です。夏目金之助」

「夏目君？　どこか体の具合でも？」

「……胃が悪いそうです」

ロクは適当に返したつもりだったが男はそれを聞くと考え込んだ。

「そうですか。やはり引きずっているのでしょうか。夏目君には何の咎《とが》もないのですが……たまたま藤村君が教え子だった、それだけのことです」

「藤村？」

「華厳の滝に入水した生徒ですよ」

「あっ」

ロクは寅彦と虚子が話していたことを思い出した。

「夏目君に伝えてもらえませんか。藤村君が自殺したことと前日に彼を叱責したことは何の因果もないと。儚い青年の厭世感がそうさせたのです。もともと哲学的煩悶が強い生徒だった。我々教師はどう学ぶかは教えられるがなぜ学ぶかは教えられない。彼にはその答えが見いだせなかったのでしょう」

そう言うと男は封書をスーツの内側にしのばせた。見つめた先には青年達が変わらず授業に耳を傾けている。

「じき夏休みです。夏目君も少し休んで気晴らしをするといい。私は狩野といいます。近いうちに伺うと伝えてください」

狩野はそう言うと静かな足取りで去っていった。学校を出ると紺碧の空に入道雲がたちのぼっていた。そのせいか空の青さがいつもより濃く感じる。

今頃、あの人は何をしているのだろうか——ロクはぼんやりと金之助を思った。


「おいっ、もっと下がれ！　俺の桶に湯が入っていかん」

「すいません」

金之助が言うと青年は頭を下げた。ロクと同じ歳くらいで細い体に石鹸を擦りつけている。

青年を一瞥すると金之助は薬湯につかった。ここ横丁近くの銭湯は、幅三尺長さ一間半の湯船を二つに仕切り、白湯と薬湯を楽しめるようになっている。たちのぼる湯気を眺めていると気持ちが落ち着いてきた。洗い流した汗とともに気分も幾分さっぱりした気がする。

わざわざ学校も休んだ事だし家にいるのは自分と猫だけである。腰を据えて虚子に頼まれていた小説に掛かろうとしたが、いつものごとく原稿の升目が埋まることはなかった。それどころか考えようとすると、逃げるように出ていったロクの姿ばかり浮かぶ。

ふと脱衣場から怒鳴り声が聞こえてきた。

「ちゃんとよく拭いて上がるように書いてあるだろう！　字が読めないのか！」

金之助は声のする方を見た。怒られているのは先ほどの青年である。洗い場と畳敷きの脱衣場には仕切りがなく、縁甲板で段差をつけているだけだ。必定《ひつじょう》体を拭いてから脱衣場へ上がる。しかし青年は体から湯を滴らせたまま注意書きを見あげていた。

「あ、本当だ。気づきませんでした、すいません」

金之助は頭を下げる青年を見ながらロクを思った。

出ていかなかったのでなく他に行くところがなかったのだろうか。文字が読めないということは、学校に行ってなかったということだ。親兄弟はいるのだろうか。これまでどこでどうして暮らしてきたのか。

小学校が無償化されたのはわずか三年前のことだった。その風潮もあり近年は女子も学問に勤しむようになったが、文字を習っていない若者がまだめずらしくないことを金之助は此度の件であらためて思い知らされた気がした。

否、むしろ自分の方が特殊なのかもしれない――金之助は八人兄弟の末っ子であった。家は十一カ町を治める町方名主の家柄だったが、口べらしのため幼くして里子に出された。しかし学びという点では随分と恵まれていた方だ。

神田《かんだ》の錦華学校を修了し、中学は漢籍を学ぶため二松学舎に転校した。大学予備門受験のため成立学舎や明治英学校にも通った。東大予備門では多くの学友と青春を謳歌し、本科では正岡子規と親友になった。おそらく子規と出会わなければまったく違う人生になっていただろう、と金之助は思う。また、帝大進学後に出会った友人達とは今も交流を続けていた。

学校は教養を身につけ見識を広げるだけの場ではなかった。数知れずのかけがえのない出会いを生み未来への可能性を広げてくれた。学校に行かなかった自分を金之助は想像できない。

脱衣場の時計を見あげた。すでに三時を回っている。

「ふむ」

金之助はやおら立ちあがった。

家の近くまで来ると隣の家から琴の音が聞こえてきた。三和土には金之助の下駄が朝と同じように並んでいる。ロクが書斎の襖を開けると金之助は何事もなかったかのように文机に向かっていた。手紙でも書くつもりなのか墨を磨っている。

「ただ今戻りました」

ロクが声をかけると金之助が振り返った。表情も特に変わったところはない。

「随分遅いな。ちゃんと渡してきてくれたか」

「はい。狩野という人に渡しました」

「何ぃ？　校長だよ、彼は。何か言っていたか？」

ロクが躊躇していると金之助が訝しげな顔をした。

「いえ。近いうちに伺うと」

「そうか……」

金之助がふたたび文机に向かおうとするのを見て、ロクは思わず口を開いた。

「あのっ……ご主人のせいではないと言っていました」

ぴたりと金之助の動きが止まる。ロクは続けた。

「教師はどう学ぶかは教えられるがなぜ学ぶかは教えられない、それが彼には見いだせなかったんだろうって……俺、詳しいことはよくわからないですけど……みんなご主人のことを心配してます。校長も、虚子さんも寅彦さんもすごく心配しています」

そこまで言うと、何だかさしでがましいことをしたようで急に居心地が悪くなった。

「じゃあ、失礼します」

襖を閉めようとすると後ろから「ちょっと待ってくれ」と呼び止められた。

「そこの棚から本を取ってくれ。立ったり座ったりが腰に響く。百人一首一夕話という本だ」

ロクが躊躇していると金之助は筆で『百人一首一夕話』と書いてロクに渡した。半紙いっぱいに書かれたそれをロクは綺麗だと思った。

「ひゃくにんいっしゅ、ひとよがたり。上の棚の右の方にないか」

言い含めるようにゆっくり金之助が言った。ロクも紙を見ながらつぶやく。

「ひゃくにんいっしゅ、ひとよがたり」

ロクは紙を見ながら本棚の背表紙を追った。しばらくし一冊の本を取りだすと金之助に渡した。

「これですか」

本を受けとると金之助は頷いた。

「次」

金之助はさらに紙に『言海』と書いた。そしてゆっくり言葉に出しながら渡した。

「げ　ん　か　い。一番下段の左の方だ」

「げんかい……」

ロクはふたたび本棚を探した。しばらくかかって取りだした本の背表紙には、金字で『言海』と書かれていた。見覚えがあった。ロクが盗みに入った翌朝に手にとった本だ。よく見るとよほど使い込んでいるのか表紙さえ擦り切れていた。ロクは金字を指でなぞってみる。

「言海、これはどういう話ですか」

「言海か？　言海は物語じゃない。字引だよ」

「じびき？」

金之助は筆をとると大きく〝字引〟と紙に書いた。そして言海の頁をめくると『字引』の欄を指しロクに見せた。

「字引、漢字を集め列《つら》ねてその形、音、意義等を説く。字の解しがたい時、引き出して見る。それは君にやるから部屋で時間がある時に見るといい。学問の神は学ぼうとする者に応えるのだ」

言海はなぜか初めて手にしたときよりも重く感じた。ロクの胸の裡にふつふつと湧き上がるものがある。この気持ちを何と表現したらいいのだろう。嬉しい、そんな言葉では到底足りない。もっとふさわしい言葉があるはずだ、そうこの字引の中に——

「おい、いつまで突っ立ってるんだ。次」

「はっ、はい！」

ロクは跳ねるように本棚に向かった。

やり取りは夕方になっても続いた。金之助の手元にあった紙は飛ぶようになくなり、とうとう使い切ってしまった。

「続きは明日だな。文具屋に行って紙を買って来ねばならん」

金之助が腰をとんとんと叩く。ロクはなぜ寅彦や虚子があぁも金之助を慕うのか、少しわかった気がした。

夜になると硝子戸の向こうにぽっかりと三日月が浮かんだ。ロクは女中部屋の畳に昼間金之助が書いた紙を一枚ずつ広げていった。そのうちに足の踏み場がなくなってしまったのでずらしながら重ねていく。一通り並べ終えると腕組みをしながら見つめた。よし、と気合が入る。ロクはまず手前の一枚を手にした。

〝字引〟

そして金之助が書いた文字の横に真似して筆で書いてみた。思ったよりも難しい。同じように書いたつもりでもあまりに字が違う。何度も何度も、ロクは文字を書きつけていった。不思議だった。書けば書くほど、自分の中に文字が取り込まれていくような気がする。

紙が字で埋まると、一枚また一枚とちがう言葉で同じことをした。書け、もっと書くんだ——気がつけば空が白んでいた。さすがに瞼が重くなり筆を置こうとすると、カリと襖を引っ掻く音がした。黒猫だ。ロクは襖を開けようとしたが親指に力が入らずうわすべった。立ちあがるのも面倒で脇にあった孫の手で襖に引っかけると、猫が鳴きながら入ってきた。探検でもしてきたのか草や名の知らぬ実があちらこちらについている。

ロクは草を取りながら紙を一枚見せてやった。筆で大きく『言海』と書かれ、その字を取り囲むようにロクの字が紙を埋めていた。ロクは一つ一つの字を指でなぞってみる。

「わかるか。これはげんかいって読むんだ」

言海、言葉の海——ロクは紙を見て微笑む。ほどよい疲れと達成感があった。そして書きなぐった紙に埋もれるように眠りについていった。

梅雨が明けると暑さの度合いが格段に増した。

裏手の中学校も夏休みに入ったのか、いつもと違う静けさにつつまれている。かわりに蟬の声がそこかしこでするようになった。

ロクはいつものように腹の減った黒猫に起こされると台所に向かった。猫に飯をやった後は金之助を起こし、火鉢であぶったパンと淹れたての紅茶を用意する。朝の支度も最近では手慣れたものだった。

金之助の調子も良さそうだった。ロクは皿を片付けながらちらりと茶の間の方を見た。朝餉《あさげ》を終えた金之助が寝そべり新聞を読んでいる。背中には猫が乗ったままで、金之助が動くたびにそう長くない四肢で踏ん張っていた。

まったく学校を休みだしてから生き生きとしている、とロクは思った。並べた本を端から読んで急に笑いだしたりする。またある時は鼻毛を抜きながら絵葉書をかいている。手すさびかと思えばそれがまた見事な出来栄えで、時には掛け軸用の和紙を持ちだし流麗な水彩画を描くこともあった。

学校へ封書を代わりに出しに行った時は本当に具合も悪いのだと思っていた。胃が良くないと聞いていたし何かにつけ怒りっぽかった。しかし今の金之助は夏休みを堪能する子どものごとく気ままな日々を満喫している。

学校を休んでいることを知ってか知らずか相変わらず来客も多かった。寅彦は三日にあけずやってきて必ず晩飯を食べて帰った。虚子はもとより金之助の旧友やかつての教え子も足繁く通い、ロクはその都度茶を出したり酒を運んだりした。

ただ以前とは変わったことが一つ。料理を作らせるのは懲りたのか、来客がある時は大抵仕出しをとるようになった。弁当だけでなく蕎麦や寿司も頼み、ロクも相伴にあずかって部屋の隅で話を聞いたり一緒になって笑ったりした。

気の置けない仲間と語らう金之助は、癇癪を起こしていた時とはまるで別人のようであった。機嫌はすこぶるよく最近は原稿用紙に向かうことも多い。その際は探しものを手伝うのがロクの仕事になりつつあった。

「おーい、まだか」

その日も例によって金之助は文机に向かっていた。ロクは渡された紙を見ながら本棚の背表紙を追う。

「すいません、何ぶん多いもので」

事実、金之助は出かければ本を買って帰ってきた。壁に収まらぬ本は床を侵食し、今やその勢いは書斎から茶の間までとどまるところを知らない。ロクは気になっていたことを聞いてみた。

「ご主人、ここにある本は本当に全部読んだんですか」

「当たり前だ。読みもしない本を置いてどうする」

「面白いですか」

「面白くない本もあるさ。しかしもとよりたいした頭じゃないんだ。本より学ぶほか仕方あるまい」

ロクは書棚にズラリと並ぶ背表紙を見つめた。

金之助に辞書をもらってから寝る前に復習するのが慣らいとなっていた。昼に新しく学んだ文字を字引で調べながら書き写していく。無論はじめはわからない言葉ばかりだったが、形だけでも写していく。翌日、金之助に読み方を教えてもらうのだ。ひとつ調べればまたひとつ知らない言葉に出会う。覚えることに際限がない。言海は瞬く間にボロボロになった。そしてロクは次第に言葉だけを追うのではなくもっと長いもの、できれば物語を読みたいと思うようになっていた。

この一つ一つの本を開いた先にどんな世界が待っているのか？　しかし改めて本棚を見渡してみるとあるのは洋書や漢詩など、あるいは難しそうな和書ばかりだった。

「俺にも読めるでしょうか」

金之助は驚いたような顔でロクを見つめた。ロクは身じろぎもせず金之助の言葉を待っている。

「うーん、そうだな。読めんことはないが、君にとって面白いかどうかはちと微妙だね」

「……そうですか」

萎むような声が出た。慌てて金之助がとりなす。

「いや、無理だと言っているわけじゃない。だがいきなり難しいものを読んだばっかりに、嫌いになってしまうということもありうるからな。最初の本はよく選んだ方がいいってことだ」

最初の本。それがどんな本なのかロクには想像がつかなかった。学校に行っていれば読本を手にすることもできただろうがそれはもう叶わない。肩を落としていると気づいたのか金之助が言った。

「そうだ。ならば新聞を読んでみたらどうだ？」

ロクは字引と変わらぬようなびっしりと文字で埋まった紙面を思い浮かべつい顔をしかめる。書棚に並ぶ本ともそう大差がなさそうだった。

「そんな顔をするんじゃないよ。広告ならまだ読みやすいだろう。ほら、ちゃんと見てみろ」

そう言うと金之助は手元に折り畳んであった新聞を差しだした。開いてみると紙面に大きく天狗の絵が描かれており、右上に〝紙巻煙草大王　天狗煙草〟と書かれている。

「これは煙草の広告さ。身近なものが多いし絵つきのものが多いから覚えやすいだろう。文字数が少なくて物足りないかもしれないが、新聞広告には大抵時流を反映させたものが載る。こうして広告から時流や時勢を汲み取るのも悪くない」

「じりゅうやじせいですか?」

「そうだ。時流は世の流れ、時勢は勢いだ。平時は煙草や食品、衣料品、景気がいいと高級品の広告が多くなる。しかし戦争が近づいてきたりすると一気に様相が変わってくる。先の日清戦争の時がそうだったから、君も勉強しながら肌で感じるといい。だんだんわかってくるだろう」

新聞広告を読んで世の流れ、勢いを知る——少し前までは思いもしないことだった。無理もない。これまでは世間から身を隠すようにして生きてきたのだ。ロクは紙面を見ているだけで何やら背筋が伸びる気がしてきた。にわかに明日の朝が待ち遠しくなる。記事が読めるようになるにはまだ時間がかかるかもしれないが、その道のりを想像することはけして苦ではなかった。

金之助は頬杖をつきながらペン先を揺らした。

視線の先では黒猫が蟷螂《かまきり》と対峙している。蟷螂が両腕の鎌を振りあげると猫は奇妙に腰をうねらせた。目は爛々と輝いている。縁側で繰り広げられる戦いを金之助はぼんやりと眺めた。

最初の小説か。さて何を書くべきか——虚子に頼まれていた小説にいよいよ取り掛からんとしていた。俳句や論文に比べると遅々として進んでいなかったが、頭の中でようやく見え隠れするものがある。

面白いものがいい。誰しもが読んで楽しめるような話だ。そう例えば、あいつでも。金之助は漠然と本棚を見あげていたある日のロクを思った。その姿はまるで高すぎる山に登るかどうか躊躇しているようであった。

すると縁側で雑巾掛けをしていたロクが声を荒らげた。

「こらっ！　拭いたばかりのところに足跡をつけるんじゃないよ」

しかし猫は嘲るようにロクを一瞥すると、金之助のそばに来て毛づくろいをはじめた。

「まったく人を食った猫です、そいつは。ご主人に対する態度と俺に対する態度が違うんですよ。餌をあげているのは俺なのに」

「ふふん、猫も人を見るのさ。それに私はこいつの命の恩人だしな」

「猫にわかるものでしょうか」

「わかるとも。日がな遊んでいるようでいてなかなか人を見ている。猫の目線で見た世の中というのは、さぞや風刺がきいていることだろうよ」

不意に金之助は閃いた。文机には朝から白紙のままの原稿用紙がある。

そうだ、こいつを主人公にしてやろう——金之助は蝶貝のペン軸にインクをつけると一気に手先を動かした。猫がピンと耳をたてこちらを見ている。

「……吾輩は、猫である」

「えっ?」

漏れでた言葉にロクが振り向いた。

「君が最初に読む本だよ。私が書いてやる。主人公はこいつだ」

そうして猫をペンで指した。猫は深緑色の瞳で金之助を見つめている。

「吾輩は猫である。名前はまだない」

「名前、何でつけないんですか」

「君、人が書いている時に口を挿むんじゃないよ」

「いえ、前から気になってたんです。黒いからクロでどうです」

「ダメだ。隣の俥屋の猫がクロと言う。大体クロだのロクだの紛らわしい」

「あ、初めて言いましたね、俺の名前」

「そうか?」

「そうです。六人目に生まれたからロク。大した名前じゃないですがこれでも無いよりましです」

「ふむ、じゃあオタンチンパレオロガスでどうだ。吾輩はオタンチンパレオロガスである」

「それはどういう意味です」

「君、知らないのか。オタンチンパレオロガスというのはな」

すると縁側から「こんにちは」と声が聞こえた。あらわれたのは虚子と寅彦である。

「ホトトギスの最新刊が刷り上がったのでお持ちしましたよ。おや、ようやく書いているようですね」

「なあに気晴らしだよ」

「それより先生、表の木戸が外れてましたよ。あれじゃ泥棒に入ってくださいと言っているようなもんです」

「ああ、たてつけが悪くてな。力を入れすぎるとああなる」

「俺、直してきます」

ロクが慌てて立ちあがる。表に向かうロクを見ながら妙な気持ちがした。

泥棒はすでに入っているのだ――

ロクが金之助の家にやって来てから、すでにひと月以上が経とうとしていた。一晩で消えると思っていたのに今では当たり前のように寝食を共にし、家の手伝いはおろか執筆の手伝いまでしている。まるで来る予定の書生本人のようだった。

言うなれば、金之助自身すでに黒猫が家に来たときと同じような心境になっていた。出て行かぬのなら置いてやれ。幸い妻子に出て行かれ部屋も余っている、と。

「素直でいい青年ですね。下女とやりあっていた頃より先生の顔色もいい」

何も知らない虚子が言う。一方、新婚気分が抜けない寅彦は久々に聞く名前を口にした。

「ところで先生、鏡子さんからはまだ音沙汰ありませんか」

「ふん、あるものか。きっと向こうにいる方があいつも色々世話してもらえていいんだろう」

「お互い強情ですねえ」と虚子は呆れた様子である。

実際いつまでこの生活が続くのか金之助にもわかりかねた。この夏休みのような日々に己の頭が麻痺してしまっているような気がする。現実味がなくてまるで夢の中にいるようだが不思議なことに体の調子はすこぶる良い。あれほど苦しんでいた胃の痛みもこのところは治まっていた。

ロクが戻って来るとなぜか顔に笑みを浮かべていた。

「先生、隣の奥さんが気にしていましたよ。ずっと家にいるけど学校は辞めたのかって。夏休み中なので心配はいりません、と伝えておきました」

「隣？　どっちのだ」

「多分いつも夫婦喧嘩している奥さんです」

「まったくあっちもこっちも喧嘩でいけませんね。根津神社の近くに住んでいるのに、夫婦円満のご利益はないのかな。ねぇ虚子さん」

「まあまあ。喧嘩するほど仲がいいとも言いますから」

軒下の風鈴が音を奏でた。以前どこかの縁日で鏡子が買ってきた南部鉄の風鈴だ。金之助は近々牛込の方で祭りがあるのを思い出した。

今年はあいつも行くのだろうか。筆子と恒子を連れて――

朝寝坊だったり、料理が苦手だったり、鏡子のいたらない点なら幾つでもあげられる。今頃は中根の家で何不自由なく暮らしているに違いない。しかし子どもへの愛情のかけ方を見ていると、自分など到底及ばないと感じるのだった。金之助は仕事の都合で引越も多く、ましてや洋行中は二年も留守にしていた。その間、家庭を守ってきたのはまぎれもなく鏡子である。

あれはあれでいい母親なのだ。近頃は街を歩いていても似た背格好の女に自然と目がいくことがある。金之助は懐かしい顔と、声を思った。


牛込矢来の中根の家から、歩いてほどないところに神社はあった。

境内は様々な屋台で賑わい、連なる提灯のもと浴衣姿の人々が行き交っている。鏡子は筆子と恒子を連れ一つ一つを見てまわった。筆子が屋台の金魚を見て歓声をあげる。

「おかあさん、きんぎょすくいやっていい?」

「いいわよ」

もなかを渡されると二人は夢中で金魚を追いはじめた。よほど楽しいのか声をあげはしゃいでいる。鏡子は境内の石垣に腰を下ろした。すると、聞きおぼえのある声がした。

「いつ死ぬる金魚と知らず美しき」

振り返ると虚子が扇子を手に微笑んでいた。

「高浜さん。いらっしゃったの」

「お久しぶりです。ご自宅を訪ねたらこちらだと言われたので」

主人の様子を見てきてくれませんか——鏡子がそう頼んだのは先日のことだ。金之助の家を出て行ってからかなり日が経ってしまっていたが、意地もありなかなか様子を聞く気になれなかった。とはいえこう何も音沙汰がないとさすがに不安になってくる。

いつまでもこのままではいられないことは鏡子もわかっていた。重一にはああ言ったが金之助がやはりどうしても一緒にいたくない、などと言いだせば離縁もありうる。今後の暮らしを、二人の関係をどうしていくか、そろそろ決めなければいけない時期に差し掛かっていた。

「ああん。やぶれたー！」

筆子が破れたもなかをのぞいている。愛らしい仕草に思わず眦が熱くなる。鏡子はもうひとつ買ってやると「二人で遊んでいてね」と言い残し虚子と歩きだした。近くで花火の音がする。

「昨日、千駄木へ行ってきました」

「そうですか。夏目はちゃんとやれていますの?」

「はい。新しい使用人となかなか上手くやっているようです」

「あら、続いているんですか。それはまた珍しいこと」

浴衣の襟足がじっとりと汗ばみ、つい団扇をあおぐ手が忙しなくなる。金之助の性格じゃ上手くやれるはずもない、早々に逃げられ困っているに違いないと踏んでいたのだ。

「ロクさんといいましてね。気の利かないところもありますが、くだけていい青年ですよ。ただ料理はてんでダメですがね」

「ロクさん? そんな名前だったかしら」

「ええ、井出ロクさんといったはずです。おかげで夏目さんの筆もはかどっているようで」

話を聞きながら鏡子は妙な違和感を覚えた。事前に知っていた使用人の話とどうも嚙み合わないのだ。

「……高浜さん、もう少しその人の話聞かせてくださる?」

笛の音をたなびかせながら空に次々と花火が打ち上がっていった。

# 第三章　夢のあと

水たまりに足をとられロクは呻いた。草履から脛にかけて墨を飛ばしたように泥が散っている。昨晩久しぶりに激しい雨が降ったせいで道の所々で土がぬかるんでいた。まぁいいや。どうせこれから風呂に入るんだ――金之助が行け、とうるさかった。自分ではあまり気にしていなかったが臭気に耐えかねていたらしい。確かに体を近づけると顔をしかめることがあった。

風呂は嫌いじゃないが、以前湯屋で見ず知らずの大人に叱られたことがあった。おそらく作法がなっていなかったのだろうが、以来億劫になり冬は行っても烏の行水、夏は井戸水をかぶって凌《しの》いでいる。

路地には向日葵《ひまわり》の大輪が太陽に向かって花を咲かせていた。ロクはつい向島の生家を思い出す。家の前に一際大きな向日葵があり夏になると待っていたかのように存在感を示した。

皆、元気にしているだろうか。思い浮かべようにも家族の顔はすでに朧げだった。また記憶を辿れば必定触れたくない過去に行きあたる。ロクはそれ以上考えるのをやめた。

金之助に言われた横丁の銭湯に行くと、話の通り二つの湯に仕切られていた。戸を入ってすぐのところに注意書きがある。ロクは一字一字を読みながらうなずいた。

わかる、わかるぞ。なるほどそうだったのか——どうやら自分が以前怒られたのは、よく拭かずに洗い場から脱衣場へあがったからのようだ。ロクはその他愛のなさに思わず笑いがこみ上げた。そんなことでずっと遠ざけていたなんて、と我ながら馬鹿馬鹿しくなる。ロクは注意書きをもう一度最初から読んでみた。噛みしめるように今度は口に出してみる。帰って金之助にこのことを伝えたい、そう思った。

風呂をあがると体がひとまわり軽くなったような清涼感につつまれた。風がことさら心地よい。雨のおかげか暑さも昨日より和らいでいるように感じた。

帰宅すると金之助が家を出たときのまま書斎の文机に向かっていた。

「戻りました。おかげで体の隅々まで綺麗さっぱりです」

「ああ、お帰り。ちょっと来てくれ」

金之助が手招きをする。遠慮なく近くへ寄り端座すると、金之助は紙の束を揃えてからひとつ咳払いをした。

「吾輩は猫である。名前はまだない。どこで生まれたかとんと見当がつかぬ。何でも薄暗いじめじめしたところでニャーニャー鳴いていたことだけは記憶している。吾輩はここで初めて人間というものを見た。しかもあとで聞くとそれは書生という人間中で一番獰悪《どうあく》な種族であったそうだ」

「ご主人、もしかして書きあがったんですか」

「まだほんの序の口だよ。ただ君の反応が見たくてな」

そう言うと金之助は話の続きを語り始めた。するするとロクの耳に物語が入ってくる。まだ小さい黒猫がこの家にやってくる。拾った書生というのは金之助のことだろう。

「……掌の上で少し落ち着いて書生の顔を見たのがいわゆる人間というものの見始めであろう。この時妙なものだと思った感じが今でも残っている。第一毛をもって装飾されべきはずの顔がつるつるしてまるで薬罐だ」

ロクは思わず吹きだした。金之助も口の端に笑みを浮かべ続きを読み上げる。そして手にしていた原稿がひとまわりすると金之助はそのままロクに渡した。

「まずはここまでだ。読みながら書き写してみるといい。わからない漢字は都度字引で引いてごらん。きっと身近なものが多いはずだ」

鼻の奥がじんと痺れた。ロクは溢れそうになるものを堪えると、深々と頭を下げた。畳の目を数え何とか気持ちを落ち着かせる。金之助は軽く咳払いをするとふたたび机に向かった。ロクはその少し撫で肩の背中を見つめながら思う。

この人は本当に先生なのだ――

一体誰が自分という人間にこれほどまで目をかけてくれただろうか。先生だからか大人の男だからなのか、それとも金之助だからなのか。ロクは初めて自分が誰かにちゃんと〝見られている〟と思った。少なくとも金之助にとって自分はどうでもいい存在ではないのだと伝わる。それはどんな言葉よりも深く温かくロクを包んだ。

夜になるとロクはガス灯のもとで原稿を広げた。傍らに言海を用意し、言われたように読みながら文章を書き連ねていく。一度金之助に音読してもらっているせいか、文字を追っていても情景が浮かびやすかった。知らない字にあたると早速言海を開く。書き写しながら言葉に出してみる。

「吾輩の主人は……め、滅多に吾輩と顔を合わせることがない。し、しょ、職業は教師だそうだ。学校から帰ると終日……しょ、書斎に……這入ったきりほとんど出て来る事がない。この主人は人をの、罵るときは……必ず……馬鹿野郎というのが……癖である」

そうだ、その通りだとふたたび普段の金之助を思い笑う。書かれているのは創作でありながら普段目にしている光景でもあった。人も場所も登場するのはロクが知っているものばかりで自分も話の中にいるような気になってくる。

次へ次へと読み進めるうちに残りの枚数が少ないことに気づいた。終わるのが惜しくて原稿を置くとロクは布団に仰向けになった。けれど頭の中はまだ小説の世界をさまよっている。不思議な感覚だった。まるでもう一人の自分がふらりと体から抜け出て旅をしてきたようだ。ロクはいつまでもその余韻に浸っていた。


根津神社の散歩から金之助が戻ると、ロクはまだ座敷で原稿を読んでいた。金之助が午前中に書き上げたばかりのものだ。面白いのか口の端から笑みがこぼれている。

「何だ、まだ読んでたのか。そろそろ晩飯の時間だぞ」

「お帰りなさい。もうそんな時間ですか？」

最近は日が長く外はまだ明るいがすでに夕方だった。窓を開け放しているのでどこからか魚の焼ける匂いがしてくる。

「すいません、すぐ支度します。今晩はどうしましょう。米だけ炊いて鍋でも取り寄せますか？」

ロクがいそいそと立ちあがる。金之助は二、三度顎を撫でると蜩《ひぐらし》の鳴く庭を見つめた。今日はもう誰も訪ねて来なそうである。

「出かけるか」

「外食ですか？」

「あぁ、でもその前に面白いものを見せてやるよ」

ロクはかつて見たことがないほど嬉しそうな顔をしている。そう言えば二人で外出するのは初めてだった。

「面白いもの……一体どこへ行くんですか」

「無粋だな、君は。着いてからのお楽しみだよ」

金之助はニヤリと笑うと財布と懐中時計を手にとった。

目あての場所は日本橋にあった。本郷《ほんごう》三丁目の停車場から電車を乗りついで行く。着いたのはちょうど宵の口で街路灯に灯りがともり始めていた。来るのは久しぶりだったが、通りは相変わらず店や人で賑わっている。ふとロクを見ると妙にあたりを見回していた。

「なんだ、そんなにめずらしいか」

「えっ、ええまあ」

さぞ驚きや好奇心に満ちた顔をしているかと思えば意外やそうではなかった。眉を下げ目はやたらおどおどし、むしろ何かを恐れているようにも見える。都会的な雰囲気に慣れず落ち着かないのだろうか、と金之助は思った。

「大丈夫、誰も取って食いやしないよ」

ポンと背中を押すとそのまま通りを進んでいった。目的地に着くとロクは『木原亭』と書かれた看板を見あげつぶやいた。

「きわらてい？」

「ああ、寄席は初めてか」

「はい、初めてです」

「そいつはいけないね。君もこれから通うといい」

連れて行ったのは寄席であった。元来金之助は生粋の落語好きである。生家の近くには和良店《わらだな》亭という寄席があり、子どもの頃から講釈を聞きに足しげく通ったものだ。しかし最近はなかなか足を運べていなかった。

金之助はロクの分まで木戸銭を払うと中へ入っていった。座敷はすでに芋あらいの

芋のごとく人でひしめきあっている。壇上では柳家小《やなぎやこ》さんが『文七元結《ぶんしち》』を噺して
いるところであった。人々の笑い声とともに熱気が伝わってくる。

「ちょいと失礼」

金之助は人をかき分けながら進むと座敷の中央にどっかと腰を下ろした。恐縮しながらロクも隣に鎮座する。隣の客が睨んだので「すいません」とロクはさらに小さくなった。金之助は気にせず舞台に目を向けた。小さんが噺をするたびに客席が湧く。

文七元結は三遊亭圓朝《さんゆうていえんちょう》が創作した人情噺だ。登場人物が多く長い演目なので、語り手の力量が問われる一題である。小さんが見事に噺すのを見て金之助は相好を崩した。

素晴らしい。やはり、さすが小さんだ――

さてロクはと見ると、物珍しいのか場内のあちらこちらに顔を向けていた。

「おい、ちゃんと聞かんか！　小さんは天才なんだ」

「は、はい！」

金之助の雷にロクは背筋を伸ばした。ふたたび金之助も聴き入る。思えば鏡子が出て行ってから、こうして遊びに出ることがなかった。

先日虚子が鏡子のもとへ行く、と話していた。音沙汰はないがあいつと一体何を話

したのだろうか。めずらしく舞台から気持ちが遠のく。懐かしさを感じる一方で、ひた寄せる現実に戸惑う自分がいるのもまた事実である。

ふと隣を見ればようやくロクが舞台に見入りだしたようだった。真っすぐな瞳に友人の面影が重なる。

そうだ。時折誰かに似ていると思っていたが出会った頃の子規に似ているのだ――金之助は若かりし頃の子規を思った。生まれ持ったような素直さや割合ぞんざいなところ、ことにどこまでも貪欲に知をとりこまんとする姿勢は今のロクにも通じるものがある。

洋行中だったとはいえ、子規の死に目に立ち会えなかったことは金之助に今も影を落とす。そうすると自分が今こうして素性の知れぬ青年と肩を並べていることも不思議と納得がいくのだった。視線に気づいたのかロクが見あげる。

「ご主人、ちゃんと聴いてますか?」

「失礼だな。無論聴いているさ」

ふたたび前を見る。噺を聴いてともに肩を揺らす。思えば子規ともよくこうして落語に足を運んだのだった。

木原亭を出るとふたたび電車に乗り今度は神田へと向かった。

久々に寄席を堪能した金之助はかなりの上機嫌で、道中でも小さん談義が止まらない。ロクは電車に揺られながら話に耳を傾けた。

「彼と時を同じくして生きる我々は幸せだ。私はね、兄らが遊び好きだから子ども時分には講釈が好きでね。東京中の寄席は大抵聞いてまわったものだ」

「子どもの頃からですか？」

「そうさ。懐かしいね」

金之助は硝子窓の向こうを流れる夜の景色を見ていた。窓が半分開いていて心地のいい夜風が入ってくる。ロクも並んで見つめながら不思議な感覚にとらわれていた。電車の窓越しに見る世界はなぜか普段と違って見える。

「どうした？」

「……いいえ」

気づいたのか金之助がたずねた。ロクはかぶりを振るとふたたび窓の外を見つめた。金之助と過ごせば過ごすほど自分が何も知らないことを知る。それはまるで果てしない旅のようだった。

このままでいられないだろうか——金之助の隣で知らない世界を見て聞いたことがない話を聞く。小説を書くのを手伝い一番に見せてもらう。家族が戻ってきてからも、あの家でずっと。それはそんなに難しいことだろうか？　こうして街灯に照らされる街並みに流されていると異世界に潜りこんだようで、出来ないことは何もないような気がしてくるのだった。

　電車を降りると金之助について路地を歩いた。やはり日本橋界隈にいるより安心する。実は寄席の最中も彼らに見つかってしまったら、と気が気じゃなかったのだ。日本橋はロクにとって鬼門であった。

「さぁ、着いたぞ」

「えっ」とロクは思わず口を開けた。金之助がとまったのはビアホールの前だった。二階建ての石造りの建物を旗や看板がこれでもかと彩っている。入り口の扉は見たことがないほど大きく、給仕らしき男が次々と訪れる客を案内していた。

　四、五年前に「日本で初めてビアホールができた」と噂を聞いたことはあった。絢爛な店内はそれまでの飲み屋と比べると別天地で店は連日満員の大盛況。それからはあとを追うようにいくつもの店が東京に開いたという。無論、ロクが行ったことはない。

「おい、いつまで見てるんだ」

金之助に背中を押され我に返った。初めてではないのか金之助は慣れた様子で店内に入っていく。ロクも慌てて続いたが自分でも浮き足だっているのがわかった。

「いらっしゃいませ」

一歩足を踏み入れるとまさに別世界であった。天井にはシャンデリアがいくつも煌めいている。床は市松模様のタイル貼りで壁は木材を格子状に組んだ意匠が施されていた。並べられた円卓には床までのテーブルクロスがかかり人々が話に花を咲かせている。

ロクが慣れない空間に縮こまっていると気づいたのか、店奥に向かいながら金之助が笑った。

「まるで借りてきた猫だな。ここに入れば誰しも麦酒を飲む一個の客だからあまり気にするな。君、酒は？」

「飲んだことありません」

ロクは首を振る。金之助は席に着くとウェイトレスを呼びとめた。

「麦酒を。あと洋杯を二つ」

「かしこまりました」

ウェイトレスは給仕用の黒いロングスカートに白いエプロンをつけ、黒髪を後ろで一つに束ねている。鼻筋の通った顔立ちに一際睫毛が長くロクは思わず見とれた。金之助はウェイトレスが去るや否やロクをのぞきこむようにした。

「なんだ、好みなのか?」

「えっ? ち、違いますよ」

「なるほど。案外年上が好きなんだな」

「そんなにはいってませんよ! たぶん……」

ほどなく瓶に入った麦酒が運ばれてきた。金之助はまずロクの洋杯に麦酒を注いだ。ロクは茶褐色の液体がこぽこぽ泡をたてるのを不思議な思いで見つめた。金之助はもともと酒が強くないし寅彦もさほど飲まない。虚子はわりと嗜むがいつも日本酒だ。

「さぁ、飲んでごらん」

おそるおそる口に運ぶ。するとあまりの苦さに思わず吹きだした。金之助は一瞬目を丸くしくっくと笑った。よほどおかしかったのか目にうっすら涙まで浮かべている。

「笑いすぎですよ。泣くことないじゃないですか」

「いや、すまん。つい友人を思い出してね。ビアホールに来たがってたんだ。彼が来たらどんなだったろうって想像してしまった」

金之助はそう言うと自らも飲んだ。わりと勢いよく減ったので今度はロクが注いだ。

「じゃあ今度はその人も一緒に来ればいいんじゃないですか？」

「そいつは無理な話だね。もう死んでしまったからな。私はロンドンに留学中で死に目にも立ち会えなかった」

淡々とした口調だった。ロクはかける言葉を失う。

「身体の弱い男でね、晩年は病牀六尺《びょうしょうろくしゃく》が彼の世界だった。移り変わる街の様子も新聞や友人らから聞くしか出来ない。ビアホールは彼が知りたがっていた世界の一つだった」

「他には？　その人はどんな世界を知りたがっていたんですか？」

「あとはそうだな。活動写真、自転車の競争や曲乗、浅草《あさくさ》水族館、自動電話、紅色郵便箱……いや、何より……」

言いかけて、金之助は口をつぐんだ。顔が赤い。いつの間にか洋杯が空になっている。

「おかわりお持ちしますか？」

そこへ先ほどのウェイトレスが声をかけてきた。金之助は髭を撫でながらじっとウエイトレスを見ている。

「こちらは随分繁盛しているようですね」

「ええ、おかげさまで」

「お店は何時まで？」

「十一時までです」

「それは遅いですね。さぞや帰りは不用心でしょう。もし良かったらこの青年がお送りしますよ」

「えっ」

ウェイトレスは困惑した表情でロクを見た。視線は泳いだままロクの着流しへと移り蔑むような色に変わった。洗いざらしのような単衣は右袖がほつれ今にも破れそうになっている。ロクは顔が熱くなるのを感じながら袖を押さえた。金之助はその様子をじっと見ていたがやおら立ちあがった。

「行くか。しばらく来ない間に店の質が落ちたようだ」

「えっ？　ちょっ、ご主人！　す、すいません！」

金之助はさっさと店を出ていく。ロクは何度も頭を下げると金之助のあとを追った。

ウェイトレスは狐につままれたような顔をしていた。

店を出ると満月が浮かんでいた。金之助は呑気に鼻歌なんぞ歌っている。一方、ロクは後ろ髪を引かれる思いであった。

「せっかくビアホールに行ったのに」

「家で飲めばいいさ。あんな高飛車な女がいたんじゃ酒が不味くなる」

奥さんが家を出たのはその口の悪さが原因ではなかろうか、とロクは思った。桟橋の手前で柳が揺れている。

「さっきのな、彼が……友人が知りたがっていた世界、それは女だよ。身体の弱さを気にして生涯妻《めと》を娶ろうとしなかった。だがおそらく誰よりも望んでいたはずだ。心から添い遂げられる女と出会い、愛し慈しむことをね」

金之助が桟橋の途中でとまった。川を見ると水面に月が映っている。聞こえるのは虫の音と川のせせらぎだけである。

「奥さん、戻ってこないんですか」

不意に口をついて出た。寄席を見た高揚感かはたまたなまぬるい夜風のせいか、今宵の金之助はいつになく饒舌のようだ。ロクもまたいつもと違う解放感に身を委ねていた。

「君は、本気で人を好きになったことがあるか」

「え？」

「もし好きな人ができたら、月が綺麗ですね、ただそう言えばいい」

「……月」

並んでしばし月を見つめた。ふと金之助を見るとどこか遠くに想いを馳せているようであった。酒が入っているせいかそれとも月が美しすぎたせいだろうか。いつまでもそうしていられそうだった。


けたたましく蟬が鳴いている。大合唱さながらで夏の終わりを察知して逆らおうとしているかのようだった。

金之助は文机に向かい黙然としていた。真ん中に原稿用紙、右手にペン。左に黒猫が寝そべり背後で正座したロクが見つめている。

「おい」

「はい」

「気が散るんだが」

「すいません、早く続きが読みたくて」

「昨日書いた分はどうした」

「もう読み終わりました」

「ええ？」

ロクは顎をあげると得意げに誦《そら》んじた。

「主人は毎日学校へ行く。帰ると書斎へ立て籠もる。人が来ると、教師が嫌だ嫌だと言う。水彩画も滅多にかかない。タカヂアスターゼも効能がないといってやめてしまった。吾輩はご馳走も食わないから別段肥りもしないが、まずまず健康でその日その日を暮らしている。名前はまだつけてくれないが、欲をいっても際限がないから生涯この教師の家で無名の猫で終わるつもりだ」

「君……」

「ご主人、俺、早く続きが読みたくて仕方がないんです。読むのが楽しくて仕方がないんです」

清々しい顔であった。金之助はその表情に懐かしいものを見た気がした。

「そうか……楽しいか」

「え？」

「いや、そう待たれたってすぐには書けんよ」

金之助は財布から銭を出すと渡した。

「これで饅頭でも買ってきてくれ。進めておくから」

「絶対ですよ。猫と遊んだりしちゃダメですよ」

「早く行け。そうだ、あと吉田屋で原稿用紙も頼む。いつものやつな」

ロクは景気のいい返事をすると弾むような足取りで部屋を出ていった。金之助はその後ろ姿を好ましく思った。


さて、今日はどんな話が待っているのか――ロクは口笛を吹きつつ横丁へ向かった。物語には難しい言葉も出てくるが語り口の面白さが読みやすくさせていた。何より主人公が猫だ。はじめこそ言海を片手にたどたどしく読んでいたが、今や金之助が書くのが追いつかぬほどだった。読めること、面白いと思えること、それはロクにとって大きな自信となっていた。

どこからかいい匂いがしてきた。見れば団子屋が汗をぬぐいながら餅を焼いている。

「お兄さん、どうだいひとつ」

ロクは品書きを眺めた。

「磯辺餅を二つもらおうか」

「はいよ、磯辺餅二つ」

文句を言うかもしれないな、とロクは思った。金之助は大の甘党である。しかしロクは磯辺餅と言ってみたかった。最近になって読めるようになった言葉の一つだ。

「お待ちどお」

ロクは磯辺餅を受けとると吉田屋に向かって歩きはじめた。吉田屋は千駄木横丁を抜けた通りにある文具屋だった。ふと、質屋の前を通りかかって足をとめた。窓辺に飾られていた丸帯がなくなっている。代わりに置かれていたのは仰々しい置時計だった。

もしかして売れたのか？

店をのぞくと店主が客の相手をしていた。鼠色のハンチング帽をかぶった男と何やら話しこんでいる。視線に気づいたのか店主がロクを見てアッという顔をした。

その瞬間ロクは走りだしていた。頭の中は真っ白だ。ただ本能が逃げろと言っている。逃げろ、ここから逃げろ——どれくらい走ったかわからない。やがて人気のない雑木林へ辿り着き草むらに身を投げた。心臓が早鐘を打っている。首筋が激しく動いているのがわかる。

吉田屋に行かなくちゃ。ご主人が待っている——

仰いだ空に透きとおった青がどこまでも広がり風とともに兎のような雲が流れていく。けれど、体はいつまでたっても動かなかった。


やけに遅いな——

煙草を吹かしながら金之助は柱時計を見た。ロクが家を出てからすでに二時間近く経っている。横丁は坂があると言っても学校に行くのとさほど変わらない距離にあるし、ロクの健脚ならとうに戻ってきていておかしくなかった。

苛立たしげに煙草盆に灰を落とす。金之助は早く甘いものを口にしたかった。どういうわけかは知らないが、執筆がはかどった時は無性に甘味が欲しくなるのだ。

「まったくあの馬鹿は何をしているのだ」

廁に立ちあがると玄関先で物音がした。やっと帰ってきたか、と床を踏みならしながら向かう。

「おいっ、何を道草食ってんだ。随分遅いじゃないか」

おもむろに玄関の格子戸を開けると見知らぬ男が立っていた。歳は金之助と同じくらいで鼠色のハンチング帽をかぶっている。

「……何か？」

金之助がたずねると男は落ち着いた様子で答えた。

「どうも。牛込署の伊佐地《いさじ》といいます。実は不審な男がこのお宅に出入りしていると通報がありましてね。様子を伺いにきたのです」

「刑事さんですか？　だとしたら何かの間違いでしょう。その男はうちの新しい使用人です」

「使用人？」

「ええ。わざわざご足労かけてすいませんね」

「そうですか。ただ関連があるかどうかはまだわからないのですが、横丁の質屋で盗品の帯が見つかったのです。その帯を持ちこんだ男とこちらに出入りしている男の特徴というのがまた似てましてね。その方は今どちらに？」

伊佐地が窺うとも探るともしれぬ目を向けてきた。金之助は平静を保ったまま答える。

「ちょうど今買い物に行かせていますから直に帰るでしょう」

「ならば待たせていただいてもかまいませんかな」

「どうぞお好きに。生憎《あいにく》家内が私に愛想をつかし家を出ておりましてね、何のもてなしも出来ませんが」

その時、外から人の気配がした。見ると呼吸を乱したロクが木戸をくぐるところであった。時折猫がそうするように着流しにやたら草をつけている。伊佐地は鷹のような目つきでロクを見ていた。かたやロクは伊佐地に気づくと明らかに動揺した様子を見せた。伊佐地が訝しげな顔をする。

「この人は？　もしかして彼が新しい使用人ですか」

「ええ。そうです」

「なるほど。君、名前は？」

「お、俺の……名前は……」

ロクはかつてないほど狼狽えていた。目が揺らぎ声は掠れている。喉もとが二度三度大きく動いて唾を飲み込んだのがわかった。金之助は観念した。これ以上は耐えられまい。

「彼の名前は箕田《みのだ》庄助《しょうすけ》。知り合いに頼んで二ヶ月前に来てもらいました」

「え？」

拍子抜けした声はロクのものだった。金之助は何気なさをよそおい伊佐地を見据えている。

「箕田さんの部屋を拝見してもいいですか？」

「どうぞこちらです」

金之助は呆然とするロクを残したまま伊佐地を女中部屋に案内した。三畳間には畳んだ布団のほか何もなかった。伊佐地は黙って部屋を見回している。金之助はそっと場を離れるとロクのもとへ戻った。

「こっちへ来い」

袖をひき南の縁側へ連れて行く。ロクは泣き出しそうな顔をしていた。

「ご主人、まさか最初から知ってたんですか？」

「あの時分に訪ねてくる輩もあるまい。名前を聞いていたし当人でないことくらいすぐにわかった。様子を見ようと思ってカマをかけたのさ」

体から力が抜けたのかロクは腰からその場にへたりこんだ。つられて金之助の気も抜ける。二人して夏の空を仰ぐと鳥が飛び立つのが見えた。どこかで蜩が鳴いている。

「驚いたのはその後だ。すぐに消えると思ったのに翌朝になってもぐうぐう寝ている。ついにそのまま居座ったのには呆れたよ」

「なぜ、すぐ通報しなかったんです」

「君が盗みでも働けばそうするつもりだった。そうすりゃ警察沙汰になるし出ていった妻も慌てて戻るだろうとね。しかし君がしたのは下手な料理と字を学ぶこと。だから私も考えを変えたのだ。君は我が家の人間だと。それは間違いだったのか？」

「ちょっといいですか？」

振り向くと伊佐地が立っていた。手にロクの風呂敷を持っている。

「風呂敷の中、確認させてもらいますよ」

金之助が目線を送るとロクはうなずいた。

「どうぞ」

伊佐地は畳に風呂敷をゆっくりと広げた。金之助は悟られぬよう生唾を飲み込む。万が一ロクが盗みを働いていたら万事休すだ。

「ん？」

伊佐地が首をかしげる。風呂敷から現れたのは『言海』と文字の書かれた紙の束であった。金之助は安堵の息を漏らす。

「字引？」

「それは私が譲ったのです。紙も彼がここに来てから書いたもの。来た時はほぼ手ぶらでした」

「そうですか」

伊佐地は不承不承、風呂敷で包み直す。その時、ふと固いものが指にあたった。引っ張り出してみれば孫の手である。思いがけず金之助は笑った。

「孫の手か。つくづく変わっているね。唯一持ってきたのがこれか」

「物を引っかけたりするのに便利なんです」

「無精にもほどがあるよ」

一方、伊佐地は険しい目つきでロクを見つめている。

「ちょっと右の手を見せてもらえますか」

威圧感のある声だった。ロクが反射的に拳を握りしめる。すると伊佐地は素早くロクの腕を捉えひねりあげた。右の親指が曲がっている。

「この親指はどうした」

ロクが痛みに顔を歪める。伊佐地はなおもひねりあげると顔面を寄せた。

「海堂時計商にいた畑野《はたの》ロク、違うか？　三年前に店の時計を盗み逃げ出した。右手の親指が不自由らしいな」

「離せ！」

どすの利いた声が出た。金之助が割って入ると伊佐地は手を離した。

「手荒な真似はご遠慮いただきたい。彼はまだ何も語っていない。真実がわかるまではうちの人間です。そうだな？」

ロクを見る。歯を食いしばっている顔を見て何か事情があるのだと察した。いや、そうであってほしいと金之助は願った。ロクは観念したようにうなだれると言った。

「すべて……すべて、話します」

静まり返った家で蜩の鳴き声だけが段々と大きくなっていった。


ロクは茜色に染まった縁側を見て郷愁がこみ上げるのを感じた。ここに来る前の暮らしがすでに遠い昔のことのようだ。座してぽつりぽつりと語るのを金之助は腕組みをし聞いていた。伊佐地はロクが逃げないよう窓際に立っている。

「俺の名は畑野ロク……向島の農家の六人目として生まれました。家が貧しく、九つで日本橋の海堂時計商に奉公に出され、朝から晩まで気が遠くなるくらい働かされました」

忘れたくとも忘れられない日々であった。海堂時計商には年の近い子どもがいてロクは何かと虐められた。旦那に言えば自分がお仕置き部屋に入れられ嫌というほどぶたれた。

「確か十一の時だったと思います。ついに耐えかね家を飛び出しました。さんざ歩いて元の家に辿り着いたらすでに旦那が迎えに来ていて、連れ戻された俺は更にいたぶられました。竹竿で何度もぶたれ俺の右の親指はそれから動かないのです」

自分に逃げる場所はない——親指を見るたび思い知らされた。すでに感覚はないはずなのに雨の日になるとなぜか今も疼く。あの日、父も母もひきとめてはくれなかった。自分がどれだけ泣き叫んでも戻りたくないと懇願しても、伸ばした手に応えてくれることはなかった。彼らは自分達の暮らしを守る為にロクを捨てたのだ。そのことが何より辛かった。

「それで腹いせに時計を盗んだのか?」

「違う! 俺じゃない」

伊佐地が口を挿んだのでロクは睨みつけた。慣れたものとあって伊佐地は声音ひとつ変えないで続ける。

「違う? じゃあ誰がやったんだ。証拠はすでに上がってるんだぞ」

「まぁ、聞きましょう」

金之助が声を荒らげた。その声に昂ぶった気持ちが鎮まるのをロクは感じた。

「三年前の夏、息子が店の時計を勝手に持ち出しました。俺はそれを知っていましたが黙っていました。言ったって信じてもらえるわけがありません。旦那は案の定俺が盗んだと言って聞きませんでした。このろくでなし、お前の仕業だろうと……その時俺は決心しました」

「馬鹿な……」

「そんなに言うなら犯人になってやろうじゃないか、盗んでやろうじゃないかと。その晩、俺は店の懐中時計を盗み逃げ出しました」

満月の夜だった。どうにでもなれという不敵な思いと、これでもう後戻りはできないという未来への不安。交互に押し寄せる感情に流されるように夜道をひた走った。

どうして自分ばかりがこんな目にあうのか——運命を、世の中を憎んだ。

「それからはただ食うため生きるため盗みを繰り返しました。ここへ来たのもそうです。でもこんな俺にご主人は字引をくれました。話を、小説を書いてくれました。学ぶことを教えてくれましたっ」

その瞬間、堪えていたものが溢れだした。悔しさ、嬉しさ、楽しさ。せっかく手に入れたものをまた失ってしまうことへの無念さ。夏目家での生活はロクにとっても束の間の夏休みのようだった。入れ替わり立ち替わりやって来る客との出会い。日々繰り広げられる洒脱な会話。自分も知的饗宴の場に加われているという充足感——

金之助の執筆を手伝い一番はじめに原稿を読ませてもらった。自分の為に書くと言われた晩、布団に入ってからも言葉を反芻した。きっともう二度とこんな日々は訪れないだろう。いくつもの感情が涙となって押しだされ畳を濡らした。

伊佐地は沈痛な面持ちで話を聞いていたが、意を決したように手錠を取りだした。

「もう、その辺で」

ロクの手に手錠がかかる。すると、金之助が押し殺したような声で尋ねた。

「刑事さん、刑期はどれほどなのですか」

「余罪にもよりますが一年から二年くらいでは」

金之助は何やら考えていたがスッと文机に向かった。そうして筆をとると気を落ち着かせるよう一息ついてから手を動かしはじめた。机に目を落としたまま金之助が言う。

「私は庚申《かのえさる》の生まれでね。その日の申の刻に生まれた赤子は大泥棒になるという迷信があったんだ。それで名前に『金』偏の文字を入れれば厄除けになると言われ金之助と名付けられた。場合によっちゃ私が泥棒になっていたかもしれないな」

金之助は書き終えるとロクに紙を渡した。『紹介状』と達筆で書かれている。

「私の知人に中学の校長をしている太田《おおた》というのがいる。刑期を終えたらそれを持って訪ねるがいい。寮もあるし学ぶ気さえあれば分け隔てなく受け入れてくれる」

ロクは文面を読みあげた。

「紹介状、此度書生として一人の青年を紹介したく存じ候……名は畑野……」


『名は畑野陸と申すもの也』


戸惑っていると、察したかのように金之助が言った。

「それはロクと読むのだ」

「陸？」

「その陸には、真面目という意味がある。君はろくでなしのロクではない。六番目の六でもない。真っ当に人生を生きようとする一人の青年だ。これからはその字を使うといい」

「先、生」

自然と口をついて出た。やはり金之助は先生だ。主であるより何よりも、生まれて初めて出会った師であった。頬を涙がつたう。ロクは濡れないよう紹介状をかかげた。

「先生、ありがとうございます」

「私も君のおかげで大切なことを思い出したよ。学ぶことの楽しさ……そして、それを伝えることの歓びをね」

最後の〝ね〟は金之助も喉がつまり吐きだすのがやっとのようだった。伊佐地がロクの肩に手を置く。ロクはその手を温かく感じた。

路地に出るとすでに夕陽で染まっていた。金之助は腕組みしたまま、連行されているロクを見つめている。

「先生、俺、ちゃんと学問ができるようになります」

ロクが言うと金之助は黙って頷いた。背を向けて歩き出すと隣から二弦琴の音が聞こえてきた。一歩踏み出すたびに音が小さくなる。堪えきれず曲がり角の手前で振り返った。すると、金之助が大きく手を振っていた。

いつから振っていたのだろう――ロクはふたたび目頭が熱くなるのを感じた。きっと、自分の姿が見えなくなるまで、いや、見えなくなっても振っているのだろう。先生はそういう人だ。

「待っているからな」

金之助が叫んだ。滲んで顔はよく見えなかったが怒気を孕んだような声だった。ロクは頭を下げるとふたたび歩き出した。もうこれ以上涙を見られたくない。

何年かかっても必ずまた会いにくる——滲む景色を胸にロクは誓った。

まったくなんてこと——

渦中の使用人がお縄になったと連絡が入ったのは、鏡子が久々に千駄木の家に向かう支度をしていたところだった。祭りで虚子の話を聞き不審に思った鏡子はまず俥屋の女将に連絡した。話を聞いた女将は確かに書生にしては妙な男が出入りしていると言う。そこで警察に相談したところなんとも怪しい話が次々出てきた。

これはどうやら一大事と母に娘達を頼み、またほぼ二ヶ月ぶりに夫に会うのだからと髪も念入りに整えていたところに電話がきた。正直、向かう道中は気が気じゃなかった。別れ際の金之助の様子を思えばいよいよ気が触れてもおかしくない。

しかし久々に会った金之助は意外や顔の色艶もよく、それどころか「薄々泥棒だとは気づいていた」などと言いだし鏡子の怒りの火に油をそそいだ。あれやこれやと気を揉んでいた自分がつくづく馬鹿馬鹿しくなる。

「そんな馬鹿な話がありますかっ！　泥棒と知ってふた月も暮らしていたなんて、そんな夢みたいな話がありますか？」

鏡子の金切り声が座敷に響いた。金之助は悪びれた様子もなく座布団の上で耳をほじっている。同様に話を聞き駆けつけた虚子と寅彦は、何がおかしいのやら部屋の隅で笑いを堪えているようだった。

「そうだな。夢だったのかもしれんなあ」

「ええ? あなたふざけていないでちゃんと人の話をお聞きなさいよ」

「ああ久々に金切り声を聞いて疲れた。もう遅いから続きは明日聞くよ」

金之助は伸びをすると立ちあがった。

「ちょっと、あなた!」

「お帰りなさい、と言っているんですよ」

虚子が鏡子に耳打ちした。金之助は素知らぬ顔で書斎へ向かっていく。

「そろそろ元の鞘に収まったらどうですか」

寅彦までも茶化すように言った。鏡子は思わず緩んだ頬を見られないよう縁側に立った。月明かりに畑が照らされている。枝豆がたわわに実っており思いのほか手入れはされていたようだ。

まったく変わった泥棒だこと——するとどこからか黒猫がやってきて鏡子の足下に擦りよった。

「あら、お前。元気にしていたの」

鏡子を見あげて猫が鳴く。その狭い額を久しぶりに撫でてやった。そういえばと按摩の言っていた言葉を思い出す。福猫と言われたから渋々置いているがいまだに御利益はないようだ。猫はただ気持ちよさそうに喉を鳴らした。

「また明日から忙しくなりそうね」

鏡子は猫を撫でながらつぶやいた。


吾輩は猫である。名前はまだない。

神経衰弱の主人がいるが近ごろは容態もいいようで、一時は休んでいた学校にも戻った。本人曰く秋学期の講義は好評を博し立ち聞きをする生徒まで現れたそうだ。おい、お前、ちゃんと聞いているのか。吾輩はよちよち歩きをしている三女に向かって鳴いた。こやつの出現で夏目家の男女比率は一対四となり、吾輩の加勢無くしてはいよいよ主人の立場危うし、と己を奮いたたせている次第だ。

吾輩がちょいと前足でつつくと三女はお返しとばかりに尻尾を握ってきた。問題はその加減のなさだ。小さい割にめっぽうな力がある。

こりゃ敵わん、と書斎へ向かった。行くと重ねた座布団の上で主人が文机に向かっている。吾輩は火鉢のそばに寝そべると毛づくろいを始めた。今年の冬、千駄木の家は一層賑やかである。家族が増えたこともあるがもう一つは吾輩のおかげだ。なぜなら——

「夏目さん！」

縁側から虚子殿がやってきた。手に雑誌を持っている。虚子殿は興奮した様子で書斎に上がりこむと誌面を広げた。

「大変な反響で是非続きを書いてくれって要望が殺到しています」

「続編か！」

「ええ『ホトトギス』も飛ぶように売れています。そもそもロシア戦の戦況がよかったから倍刷ってあったんですよ。今は国全体が高揚して新聞雑誌がいつにない売れ方をしていますから。それでも追いつかない売れ行きなので、早速印刷所に連絡して増刷してもらいました」

吾輩はこれ見よがしに雑誌の上に座り込んだ。途端に主人の喝が飛ぶ。

「コラッ雑誌に乗るな、馬鹿野郎！」

「まぁまぁ。この猫あっての話です」

「ふん。最近妙にふてぶてしい」

それはそうであろう。今じゃ吾輩はこの界隈で最も有名な名無しの猫だ。吾輩は尻尾をピンとたてると庭先へ出た。すると左隣の家の窓からミケ子《こ》が見ていた。吾輩を誘うかのように窓からお師匠さんが奏でる常磐津《ときわづ》の音も聞こえてくる。

ああ、春が待ち遠しい。吾輩はミケ子に向かって鳴いた。

# 終章

千駄木横丁の本屋で陸は足をとめた。

平積みになった本の表紙に『吾輩ハ猫デアル』と書かれている。象牙色の紙に擬人化したような猫の挿絵が印象的だ。絵の下には『夏目漱石 著』とうたわれていた。

「夏目、漱石……」

手を伸ばすと髭面の店主が声をかけてきた。

「おっ、それおすすめだよ。文学っていうと固い印象があったけど、その本はうちの息子でも楽しんで読めちゃったからね」

「へぇ」

陸はぱらぱらと頁をめくる。店主は近寄ると耳打ちした。

「実は作者がこの界隈に住んでるんだけどね、一躍文壇デビューして今や時の人だよ」

「一冊もらっていくよ」

「へいまいど！」

陸は表紙の猫に目を細めた。そして懐かしの日々を思う。

元気にしているだろうか。学校には毎日ちゃんと教えに行っているのだろうか。胃の調子も少しは良くなっただろうか。さぼらずに小説を書いているだろうか――

しかし手元の本を見ればすべては余計な心配という気がした。同時に少し寂しくも思う。今やこの本を知らぬものはいないらしい。けれど本が書かれた本当の経緯を知っているのは、自分と名無しの猫だけなのだ。

感慨にふけっているとどこからか楓の葉が一枚降ってきた。目の覚めるような朱である。思わず頭上を仰ぐと赤子の手のような葉が空いっぱいに広がって、まるで自分に手を振っているようだった。

陸はくるくると楓をまわすと本に挟んだ。いい栞《しおり》になりそうだ。落ち葉を踏みしめふたたび歩きだすと、一歩近づくごとに気持ちが高まるのを感じた。

四つ目垣の前まで来ると縁側から懐かしい笑い声がした。

相変わらず来客の多い家だ。こうして自分が客として訪ねる日が来るなんて、あの頃は思いもしなかったけれど――

表門をぐるっと腹いっぱいに息を吸った。

「すいませーん！」

するとほどなく可愛らしい足音がして、玄関先に小さな女の子が現れた。綺麗に肩先で切り揃えられた髪が揺れている。陸は腰を屈めると帽子を外した。

「こんにちは。夏目先生いるかな」

「おとうさーん！　おきゃくさまー！」

女の子が茶の間へ走っていく。陸は背筋をただし懐かしい足音が近づいてくるのを聞いた。

# 内田家うらない綺談

# 序章

## 猫ヲ探ス

その猫がいるかと思う見当は麴町《こうじまち》界隈。三月二十七日以来失踪す。

雄猫。毛並みは薄赤の虎ブチに白毛多し。尻尾の先が一寸曲がっていてさわればわかる。鼻の先に薄きシミあり。左の頰の上部に人の指先くらいの毛の抜けた痕がある。

「ノラや」と呼べばすぐ返事をする。

お心当たりの方は何卒お知らせを乞う。猫が無事に戻れば失礼ながら薄謝三千円を呈し度し。

電話33××××

書き終えた文面を前に、内田《うちだ》百閒《ひゃっけん》は目頭が熱くなるのを禁じ得なかった。涙がぽたぽたと半紙に落ちせっかくの文字を滲ませる。ティッシュでぬぐったついでに洟をかむと皮膚がヒリヒリした。このところあまりに頻繁にふくので皮が剝けたようだ。

愛猫のノラがいなくなって今日で十一日目。今頃どこかでお腹を空かせニャアニャア泣いているのではないかと思うと可哀相でたまらない。何をする気も起きず小説の仕事も手につかない。夜は寝られず食事も別段とりたくない。

このままでは体がもたないかも。そう感じた百閒はいっそノラ探しにすべてを費やすことに決めた。まずは新聞に迷い猫の案内広告を出す。さらにチラシを刷ってこの界隈で撒くつもりだ。そうだ、隣の小学校でも配ろう。ならば子供向けの文面も考えねばならない。

あらためて半紙に手を伸ばすと、襖がすべって家内のこいさんが顔をのぞかせた。

「先生、平山《ひらやま》さんがいらっしゃいましたよ」

「通してくれ。朝日新聞にこれを持ってってもらうのに私が呼んだんだ」

そうして百閒はところどころ字の滲んだ半紙をみせた。平山三郎《さぶろう》との出会いは十五年前、当時国鉄の機関紙に携わっていた平山が百閒に原稿依頼をしてきたことに始まる。その後、国鉄で働きながら法政大学に通っていた平山の授業料を百閒が肩代わりしてやったこともあり、教え子らの中でも近しい師弟関係が続いている。

齢《よわい》はすでに四十を超え、国鉄の仕事だけでなく作家として執筆活動もしている平山の日々は多忙を極めていたが、いまでも何かといえばこうして駆けつけてくれるのであった。

「こんにちは。ここに来るついでに界隈を探して来ましたよ。薬屋でまたたびの粉を買ってあちこち撒いてみたんですがなかなか骨が折れますね。いっそまたたびの噴射器があるといいのに」

聞きなれた声とともに颯爽と平山が現れた。小脇には薄茶色のジャケットを抱えている。

「それでノラは、ノラはどうですか」

「残念ながらノラはいなかったけど耳寄りな話を聞きました。酒屋さんのとこの猫はいなくなって一ヶ月くらいで戻って来たって」

平山がシャツの襟もとを緩めながら座る。百閒は久々に目を輝かせた。

「ほう、一ヶ月。じゃあまだまだ見込みがある」

「そうですよ。だから先生も気をしっかり持ってください。何だかまた痩せたんじゃないですか」

「うん。それを届けたらまたうちに戻って来てくれますか？　夕飯の時に人が少ないと寂しくてね。黙っているとついノラのことばかり考えてしまう」

「わかりました。ご一緒しましょう」

隣で聞いていたこいさんは、あからさまにほっとした顔をした。

「助かるわ。先生ったら食事はおろか、ノラがいなくなってからお風呂も入ってないんですよ」

「えっ、なんで風呂入らないんですか」

「風呂桶の蓋にノラが寝ていた座布団があるんだ。暖かいからノラはその場所が随分気に入っていてね。見るとどうしても思い出してしまってどかせない」

こいさんは同情を求めるように平山を見た。

「ね。だから、私いまわざわざ銭湯に通ってるんですよ」

「銭湯通いですか？　これは早く見つけないとだな。じゃあ、早速ですが行ってきます」

「頼むよ」

平山は半紙をスーツの懐に入れ慌ただしく出ていく。百閒は重い腰をあげると縁側に立ち、懐手のまま垣根ごしに駆けていく平山を見送った。春風に梅の枝が揺れている。

一昨日はストーブをつけないと寒いほどだったのに、と柔らかな陽ざしを浴びながら百閒は庭を見やった。彼岸桜に吉野、ゆすら、雪柳、それに昨日からは山吹も桃も咲きだした。一気に賑やかになった庭で二羽のスズメがしきりに土をついばんでいる。

もしノラがいたら追い回して大変なことだろう。そう思ったらふたたび鼻の奥が痺れた。

ノラが駆け回った池の縁、ノラがよじ登った梅の幹、ノラが昼寝をしていた物置の屋根、ノラが落ちた水瓶、そしてノラが出ていった木賊《とくさ》の茂み。何を見ても感情が揺さぶられる。

ノラが我が家の猫となったのは一年半ほど前のこと。庭に出入りしていた野良猫が縁の下で産んでいつしか母猫だけいなくなった。可哀相に思ったこいさんが子猫にご飯をやり、行動範囲は庭からお勝手、お勝手から座敷へと次第に広がり〝内田さんちの猫〟になるまで時間はかからなかった。

野良猫だったから名前はノラ。イプセンのノラは女だったが我が家のノラは雄。いなくなったのは二度目のさかりがついてきた矢先の出来事だ。

こいさんの話ではあの日、ノラは木賊の茂みを潜って出ていったらしい。仲の良い靴屋の黒猫に会いにいったのか、はたまた別の雌猫に会いにいったのか、とにかく出ていかねばならない用が彼にはあった。

問題はその晩から翌日にかけ、大雨が降ったことだ。雨が足跡を消してしまいノラは戻れなくなったのではないかと百閒は考える。だとしたら何と雨の憎いことか。涙をかみつつ書斎へ戻ると壁の一角に向き直った。飾られているのは敬愛する我が師・夏目漱石の水墨画だ。

背の高い野草の前にうずくまる黒猫。頼み込んで描いてもらったのは四十年以上前になる。まだ帝大生だった百閒は当時足繁く早稲田《わせだ》の漱石山房に通った。高浜虚子や寺田寅彦、小宮豊隆《こみやとよたか》など錚々たる面々に囲まれながら木曜会に参加し、毎回緊張しつつも漱石の話に酔いしれた。

当時の下宿先を思い出せば漱石一色である。床の間には半折の軸、向かいの壁には和洋折衷の絵、北窓の長押の上には書画、柱には俳句の短冊、どこを見ても漱石の筆跡がありまるで漱石記念館のようであった。一度、散歩の途中に下宿先を訪れた漱石がそれらを見回しバツの悪そうな顔をしたことも、後日「やっぱり書き直したい」とすべて破り捨てられてしまったことも今では懐かしい。

しかしせっかく書き直してもらった書画のほとんどは戦争で焼けてしまった。眼前の掛け軸は家が爆撃され命からがら防空壕に逃げ込む際に、こいさんが止めるのもかまわず懐に忍ばせたものである。恩師の形見であり家宝でもある。

学生時代あの部屋にいると不思議と落ち着いたように、百閒は今も何かというとこの水墨画の前で手を合わせる。すると不思議と心安らぎ名案が浮かぶことさえあった。

「先生、私は一体どうしたらいいんでしょう。ノラが心配で心配で、このままじゃおかしくなってしまいそうです。ノラは今どこにいるのですか」

百閒はふたたび洟をすする。墨の猫がじっと自分を見ているような気がした。


時遡って、三月二十七日。

麴町三番町《さんばんちょう》のある邸宅では中条君江《なかじょうきみえ》がわざとらしく咳をしていた。お勝手では予想通りお手伝いのミツが昼食の支度を始めている。君江はあえて喉を詰まらせると掠れた声でミツを呼んだ。

「ミツ、私今日のお昼はいらないわ。何だか体がだるくって」

割烹着姿のミツはオタマを持ったまま振り返り、勝手口にしなだれかかる君江に目を丸くした。

「あらお嬢様、風邪でしょうか。声も変ですねえ」

「そうね。昨晩雨にあたってしまったからかしら。ごほごほ」

「大変大変、離れに戻って横になっていてください。あとでお粥とお薬を持っていきます」

「ああ、いいのいいの！　まったく食欲ないし薬はあるから」

「そうですか？　でも」

「いいから。ゆっくり休みたいから誰にも来ないよう言っておいて」

君江は念を押すように言うと、池のある庭を抜け、離れの横を通って裏口へと向かった。通りに出てあたりを見回すと、ちょうど自転車に岡持をのせた魚政の若いのがやって来たところである。魚政は君江に気づくと颯爽と自転車を降りた。

「お嬢さん、わざわざ待っててくれたんですか」

「しっ。大きな声を出さないで。みんなには内緒で頼んでるの」

「そうだったんですか。はい、並と特上それぞれ一人前ずつです」

「ありがとう。お釣りはいいから家族には言わないでね」

寿司桶を受け取ると君江は財布から札を取りだした。魚政は「了解です」とうやうやしく金をかかげ去っていく。魚政がいなくなったのを見届けると、君江は寿司桶を隠すようにしながら離れへと向かった。今日に限って庭師が休みだったのが幸いである。

茶室風の離れは元々客用に建てられたが今では君江の寝所となっていた。和室が二間に水屋もあり、丸窓からは庭の木々や池が見渡せる。君江が嫁ぎ先の横浜から出戻ったのは二年前のことだ。母屋に以前使っていた部屋が今も空いてはいるが、兄夫婦の子供が増え前より騒がしく、また何かと気楽なこともあって離れに落ち着いたのだった。

君江は戸口から上がると手前の障子をそっと開けた。うっかり〝彼〟が飛び出してくるかもわからない。しかし彼は部屋を出た時とまったく同じ体勢で座椅子にふんぞりかえっていた。

こんなに無防備な生き物だったかしら。

君江は寿司桶を抱えまじまじと彼――その雄猫を見つめた。ふくよかな腹を天に見せ脚はだらんと伸ばしたまま。ぷすぅぷすぅといびきをかき、夢でも見ているのか時折ひげをひくつかせている。君江は今まで猫を飼ったことはないが、知人宅の猫を何度か触らせてもらったことがある。しかし撫でられながらも警戒している雰囲気があり、違う動きを察すると素早く距離を取られた。街で見かける猫もたいていそうだ。

人とは一線を引いている雰囲気がある。

それにしても大きい猫……二貫はありそうだわ。猫は人に飼われていたのか毛艶も良く、ふかふかした白い腹毛を寝息とともに上下させている。模様は薄赤の虎ブチ。尻尾の先が曲がっていて鼻の先に薄いシミがある。顔の毛が少し抜けているのはよその猫と喧嘩でもしたのだろう。

こうしてみると特に怪我をしている様子はないけれど、大丈夫だったの？

君江は猫の様子を窺いつつ昨夜に思いをめぐらせた。前日の昼、高校時代の友人と有楽町に映画を観に出かけた。目当ては石原裕次郎《いしはらゆうじろう》の最新作である。観劇後は裕次郎の男っぷりについて熱く語り、店を出ると随分と遅い時間であった。強い雨も降っていたのでタクシーで帰ることにしたのだが、家の近くまで来た頃運転手が急ブレーキを踏んだ。聞けば猫が飛び出してきたらしい。

おそるおそる降りてみると、はたして雨に打たれぐったりしている猫の姿があった。暗がりで怪我の状態もわからず、この時間では動物病院のあてもない。そのまま走り去ることも考えないではなかったが、君江は怖がりなうえ霊的なものを信じる方であった。無下にしてたたられるくらいなら最期を見届けて手厚く葬ってやりたい。

そうしてひとまず連れ帰ったものの、一晩寝て起きてみればけろりとした様子で外を窺う猫の姿があり、別段怪我をしているようでもなかった。

「まさかびっくりして気を失っていただけなのかしら。随分人さわがせな猫だわね。こらっ猫、そろそろ起きなさい。昨夜のお詫びにお寿司をとってあげたわよ」

寿司桶の蓋をとって鼻の前でちらつかせるとようやく猫が薄目を開けた。が、いかにも億劫そうだ。君江はひっくり返した蓋に切り身を一つ置いてやった。

「ほらお食べ。これは魚政のマグロよ。とっても美味しいんだから」

すると猫がのっそりと起き上がった。そしてふんふんと切り身の匂いを嗅ぐとにわかに鼻をそらし、おもむろに酢飯にのった卵焼きをくわえた。

「まあ！　魚よりも卵焼きが好きだなんて、なんて変わった猫なの」

目を瞠る君江をよそに猫はうみゃうみゃと卵焼きをほおばっている。君江は見ているうちに猫に愛着が湧くのを感じた。まるで自分みたいだ、と思ったのだ。

離縁の理由の一つに姑との不仲があったが、それも早く子供を産めと姑がうるさいからで、当の君江にはまったくその気がなかった。そもそも子供が好きではないし欲しいと思ったこともない。親がお膳立てした見合いで渋々嫁に行ったようなもので、子供もいつかは産まなくてはくらいに考えていたのである。

まだ口さがないことを言わない猫の方が子供よりよっぽど可愛らしい。こんな風に思う自分はきっと女として欠陥品なのだろう。

背中を撫でてやると猫は君江を見あげニャアと鳴いた。その声が何とも愛らしかった。

「お前、うちの子になる？　おばあさまが猫嫌いだから母屋では飼えないけれど、変わり者同士、私とこの離れで暮らすのも悪くないかもよ」

口に出すとそれが一番いい選択のように思えてくるから不思議だ。ここに戻ってきた頃はまだ君江を溺愛してくれた祖父が生きていて、何かと目をかけてくれていた。しかし昨年祖父が亡くなってからこの家で君江の立場は弱くなる一方である。先日など夕食中に祖母が見合いの話を持ちだし肝が冷えた。君江とてずっとこのままでいられるとは思っていないけれど、どうしてすぐ嫁にやろうとするのだろう。結婚して家庭に入るしか女の道はないのか。

君江が手を伸ばすと猫は抵抗することもなく抱えあげられた。あまりの重さに一瞬よろめいたけれど腕からじんわり温もりが伝わってくる。ふかふかの手触りはまるでぬいぐるみのようだ。

「じゃあ名前をつけなきゃね。そう……卵焼きが好きだからタマはどうかしら」

猫がゴロゴロと喉を鳴らす。君江は猫の腹に顔をうずめた。

# 第一章　迷い猫

外堀の水面を桜の花びらが覆っている。

昨日の春の嵐でおおかた散ってしまったようだ。君江は通りを歩きながらいつもと違う堀の景色を眺めた。うららかな陽気が心地よい。

雨の晩に猫を拾ってから二週間弱、君江の足どりはいつになく軽かった。まったく猫がこれほど面白い生き物だったとは。これまで動物を飼ったことがない君江にとってタマとの日々は新鮮な驚きに満ちていた。

動くものが好きなようで紐などにはこちらが面白いほどじゃれる。静かになったと思えばいつしか寝ている。一度寝るとなかなか起きず寝言らしきことを言うときもある。また面白いのはタマが他の猫と食の嗜好が違うことだった。言ってみればグルメなのだ。

当初は猫を飼っている友人に聞き、鰹節をやってみたが見向きもしなかった。好きなのは鰺の切り身となぜか寿司のネタの卵焼き。牛乳も一般の牛乳ではなく高級なガンジー牛乳（イギリス原産乳用種）しか飲まない。君江はタマがよほどいい家に飼われていたのかしらと思うこともあった。とはいえ麴町界隈で君江の家ほど大きい家は見たことがないのだけれど。

祖父栄吉《えいきち》はその商才もあり一代で財を成しあげた。紡績から始まった会社は自動車産業にまで広がり、今は君江の父が経営を継いでいる。おかげで幼い頃から何不自由なく暮らし、中条のお嬢様として君江は地元で知られた存在だった。故に嫁入りのときも出戻るときも、必要以上に騒がれる羽目になってしまったが。

ともあれ戦時中も家族で軽井沢に疎開し、直接的に戦禍を経験していない君江にとって先の離縁騒動が人生唯一の苦難であり汚点であった。タマはそんな鬱々とした日々に差した一条の光と言ってもいい。何かと世話も金もかかるが、こうしてタマの食べるものなどを考え買い物に出ると自然と頰が緩んだ。

魚政は四ツ《よ》谷《や》駅に向かう商店街の一角にあった。何度も出前をとると怪しまれるうえ今日は庭師の春造《はるぞう》がいるので、直接買いにやってきたのである。

通りは昼飯どきとあって人で賑わっていた。するとちょうど寿司屋の暖簾のあたりで何やら人だかりができているのが見えた。その中心で声を張りあげている初老の男がいる。

「見つけてくださった方には謝礼をします！」

仕立ての良さそうなスーツを着た大柄な紳士だ。上背がある上に山高帽をかぶっているので一際目立つ。面長の顔に髭を生やし眼光鋭い目に丸眼鏡をかけていた。またよく見ると紳士は一人ではなく周囲で同じように声をあげている若い男が数人いた。どうやら皆でチラシを配っているらしい。

君江は何事かと一行に歩みよった。周りの人々も興味深げにチラシに手を伸ばしている。だが君江は受け取ったチラシを見るなり思わずあっと声をあげた。


『猫ヲ探ス』


続けて書かれた猫の特徴に見覚えがある。君江は一気に血の気が引いていくのを感じた。

「その猫はノラと呼べば返事をしまーす！」

「体は大きく二貫はあります！」

方々から野太い声が飛んでくる。君江は咄嗟に歩みを早めるとひとまず通り過ぎることにした。心臓が激しく鳴っている。

まさか、まさか、まさか——その時、ふいに腕を摑まれた。

「えっ」

初老の紳士がなぜか食い入るように君江の顔を見つめている。君江は焦った。昨晩、タマとじゃれあっていてできた傷が左頰にある。それとなく顔を背けると紳士は鼻息がかかるほど顔を近づけてきた。

「どんな情報でも構いません。見つけてくださった方には三千円差し上げますからね。どうかお願いしますよ」

紳士の指が腕に食い込む。君江はひきつった笑みを浮かべ足早にその場から立ち去った。

何てこと。あの人はタマの本当の飼い主なのだ。振り返れば紳士を中心にさらに人の輪ができている。君江は一行の声が届かぬところまで来るとふたたびチラシを広げた。

「ノラ……」

あんなに大人数でチラシを配るなんて、タマことノラは随分と大切にされていたようだ。君江もおかげで久々に心穏やかな日々を送っていたが、知ってしまったからには主人のもとへ帰さざるをえないだろう。ここでこうして本当の飼い主と出会ったのも何かの縁だ。だがそう考えるだけでずしりと気が重くなった。

せめてもう一晩……そうだ、やはり今日は魚政で特上を二つ買ってタマの門出を祝おう。一緒の布団で寝て、翌朝このチラシの番号に電話しよう。そうして君江は寿司を買い求めるべく予定通り魚政へと向かった。

ついでに卵焼きも巻いてもらって離れに戻ると、君江は早速タマを呼んだ。

「タマ。今日は特上を買ってきたわよ。二人で最後の晩餐をしましょう」

と、普段なら呼べばたいがい出てくるのだが、今日に限ってやって来ない。寝ているのかと部屋にあがり君江は悲鳴をあげた。庭へつづく障子が三寸ほど開いている。

「タマ！」

君江は庭へ飛び出るとあたりを見渡した。中条邸の敷地は三百坪近く、四方をぐるりと庭木で囲まれている。部屋から出たばかりならまだ敷地内にいるかもしれない。君江は周囲の目もいとわず叫び続けた。

「タマ……ノラ！　出てらっしゃい！」

「お嬢様？　大きい声を出してどうしたんですか」

振り向けば何事かと出てきたミツがいる。

「ミツ、猫を見なかった？　大きい白と茶色の縞の猫」

「その猫なら春造さんが捕まえて連れて行きましたよ。池の鯉を狙ってたんですって。大事に至らなくてよかったですねえ」

「連れて行ったってどこへ？」

「知り合いのなめし業者のところです」

「何ですって？」

「でかい上に傷もないから皮にしたらいい三味線になるって。それなりの日銭になるらしいじゃないですか。随分と呑気な猫で、抱えられても大人しくしてましたよ」

「その猫を飼い主が探してるのよ！」

「えーっ」

「追いかけなきゃ。なめし業者はどこにあるの」

「両国《りょうごく》だって話してましたけど。そう、銭湯の裏手だからついでに入って来るかもしれないって言ってました」

「冗談じゃないわよ、まったく」

　君江はめまいを覚えつつ先を急いだ。どうか間に合ってくれますように。駅に向かう道すがらもタマと初老の紳士の顔が交互に浮かぶ。息を切らし来た道を戻り、四ツ谷駅の改札をくぐると滑り込んできた電車に飛び乗った。へたり込むように座席にかけると、いつになく歩いたせいかどっと疲れを感じた。

まさかこんなことになるなんて。

君江は電車に揺られながら車窓を眺めた。流れる山の手の景色はそこかしこにクレーンが伸びていて、まるで巨人の腕が街をいじっているようだ。実際、終戦以降すさまじい勢いで街は様変わりしていた。新しい映画館に百貨店、有楽町界隈など焼け野原だった頃が嘘のようである。

「お母さん、あれなぁに？」

子供の声につられ目をやる。すると曇り空に向かって一際高く突きだす鉄骨の塔があった。

「電波塔よ。来年完成するの」

目にするたびに高くなっているそれを君江は見つめた。時代は変わる。どんどん変わっていく。なのに自分だけが取り残されているような気がするのはなぜだろう。あまつさえ髪を乱し向かっているのがなめし業者のところとあれば、自分でも一体何をやっているのかと笑いたくなる。

タマを無事に飼い主のもとへもどしたら、何か新しいことをはじめてみようか。茜色に染まりつつある空を見ながら、君江はいつしかそんなことを考えていた。

鳴り響く電話に負けぬ勢いで百閒は廊下を踏み鳴らした。

急がねば切れてしまう。果たしてこいさんか、平山か。それともまたノラに関する別の知らせか——宣伝の甲斐あってこのところ家の電話がよく鳴る。多いときには日に十件近い連絡が方々から来る。

内容も様々であった。うちの猫もいなくなったが戻ってきたと励ますものや、冷かしや謝礼目当ての脅迫めいたもの。似た猫がいると聞けばこいさんが飛んでいったが、いずれもノラではなかった。

今日など四番町《よんばんちょう》の某家からそっくりな猫がいるとの一報があり、こいさんを向かわせた矢先に麹町六丁目で似た猫が轢かれているとの連絡が入った。仕方がないのでそちらは平山に頼み、それぞれの連絡を待っているところであった。

「もしもし」

「こいです。今見てきたんですがノラじゃありませんでした。体は確かに同じくらい大きかったですが、顔は全然似てなかったですよ」

「……そうか。わかった。気をつけて帰ってきておくれ」

ノラじゃなかった――

受話器を置くなり自分でも肩が落ちるのがわかった。そっくりだなんていうから必要以上に期待をしてしまったではないか。

ん？　だとするともしかして――

今度は平山の電話を受けるのが怖くなる。その途端に電話が鳴ったので百閒は思わず体を震わせた。不吉な予感に苛まれてなかなか受話器に手が伸びない。印刷物で狭くなった廊下に電話の音が鳴り響く。だがもしまたノラに関する情報提供の電話だったら、と百閒はようやく受話器を持ちあげた。つい低い声が出る。

「……もしもし」

「先生、僕です。着いたら埋められてたんで掘り返してみましたが、ノラじゃありませんでしたよ」

「そうか！　よかった。ありがとう……平山、ありがとう！」

ノラじゃなかった！　百閒はじんわりと胸が熱くなるのを感じた。まったく次から次へと情報が来るのはありがたいが気の休まる暇がない。

書斎に戻ると、編集者の丹波《たんば》が探るような顔を向けてきた。百閒はタバコに手を伸ばす。

「丹波君、禍福は糾《あざな》える縄の如しとはよく言ったものだねぇ。どちらもノラじゃなかったよ」

「そうでしたか」

残念な報告といい報告が重なってしまったので、丹波はどう反応したらいいのかわからないようだった。いつも通り地蔵のような顔に淡々とした表情を浮かべている。

「効果は出ているようだからもう少し配る範囲を広げてみようかな。先日も嬉しい連絡があったよ。その人が言うには出て行った猫が三ヶ月もしてから戻ってきたそうだ。ならノラだってまだまだ見込みがあるというものだよ」

「そうですね」

「そうだ、丹波君。一応ノラが戻ってきた時のチラシの文面も考えてみたんだ。心配してくれた人達にちゃんと報告しないといけないからね。聞いてくれるか」

百閒は文机に向かうと用意しておいた原稿を読みあげた。

「えー……おほん。僕は大自然の命によってしばらく家を空けましたが、その間僕の主人はたいそう心配致しました由にてその為皆様にご迷惑をおかけしました。この度無事に帰邸致しましたので皆様にご安心を願う為粗餐《そさん》を差し上げたいと存じます。どうかな。ノラの語りにしてみたんだが」

百間はタバコをふかす。丹波はしばし考え込んでいたが、意を決したように顔をあげた。

「お言葉ですが……先生、お願いしていた原稿はどうなったのでしょうか」

「うん？」

「うんじゃありません。原稿ですよ。ノラちゃんがいなくなって気持ちが集中できないのはわかりますが締め切りは守っていただかないと。このままじゃ原稿料だってお支払いできません」

百間はムッとするとふたたび文机に向かった。ようやく筆を走らせるかと丹波がのぞき込んでくる。

「主人は僕の失踪中仕事も手につかなかったようで大分貧乏致しまして何かと不自由する有様です。従って皆様に差し上げるご馳走はいつも主人が皆様をお待ち申した半分くらいだろうと思いますけれど、どうか当夜は是非お繰り合わせ下さいまして僕の為に御乾杯をお願い申し上げます」

「先生」

「僕は椅子に腰をかけるのが不得手でありますので失礼しまして、主人を代理と致しますから何卒お含み下さい……こんな感じでどうだろうね」

百閒が振り返ると、丹波はめずらしく眉間に皺を寄せ押し黙った。

「なるほど。あくまでノラちゃんが見つかるまでは筆を取らないと」

「取らないいんじゃないよ、取れないいんだ。筆を握ったら握ったでついノラのことを書いてしまう。そうだ、週刊新潮の告示版の欄にも広告を出そうと思うんだけどどうかな」

「交番に捜索願を出しましょう。ひとまず麴町警察署と赤坂《あかさか》、四谷。あと神楽坂警察署にも」

「おお、君も協力してくれる気になったか」

「事態が収束してもらわないと困るのです。先生、この家を増築するときにうちからいくら借りましたか。そちらの返済もまだあるんですよ」

「そんなことはわかっているよ。それよりペルシャやシャムなどの一匹何万もする洋猫と違いノラはただの雑種だ。警察が探してくれるだろうか」

「ものは試しです。それにもしかすると外国人宅で保護されている可能性もあります。英語の文面を作って英字新聞にも広告を出してみてはいかがですか」

「さすが丹波君、目のつけどころが違うね。早速作ってみよう。題はMissing Catかな」

「Inquiring about a Missing Cat の方がいいんじゃないでしょうか。それから Have you seen a stray cat? Are you keeping a lost cat? と続けてみては」

「いいねぇ、どんどん言ってくれたまえ」

上機嫌になった百閒が急きたてる。背後で歯軋りのようなものが聞こえたがあえて聞こえぬふりをした。

## 三たび

迷い猫について皆様にお願い申します。

家の猫がどこかに迷ってまだ帰って来ませんが、その猫はシャム猫でも、ペルシャ猫でも、アンゴラ猫でもなく、極く普通のそこいらにどこにでもいる平凡な駄猫です。しかし帰って来なければ困るのでありまして、往来で自動車に轢かれたり、よその縁の下で死んだり、猫捕りにつれて行かれたり、そう云う事もないとは申されませんが、すでに一々考えてみて、或いは調べられる限りは調べて、そんなことはまずないと思うのです。

つまり、どこかのお宅で迷い猫として飼われているか、又はあまり外へ出た事のない若猫なので、家に帰る道がわからなくなって迷っているかと思われるのです。どうか似たような猫をお見かけになった方は御一報下さい。お願い申します。

大変失礼な事を申すようですが、猫が無事に戻りましたら、心ばかりの御礼として三千円を呈上致したく存じます。

その猫の目じるし
1　雄猫　2　背は薄赤の虎ブチで白い毛が多い　3　腹部は純白　4　大ぶり、一貫目以上あったが痩せているかも知れない　5　顔や目つきがやさしい　6　眼は青くない　7　ひげが長い　8　生後一年半あまり　9　ノラと呼べば返事をする
電話33×××

書店のレジで君江は目を瞠った。机の端に見たことがあるようなチラシが置いてある。店主は気づくと君江に一枚うながした。

「ああ、これですか。店に来た人に渡してくれって知人に頼まれて置いてるんですよ」

「そうですか……」

心臓が早鐘を打つのをおさえつつ君江はチラシを見つめた。新しく刷ったのか以前

配られたものより文言が多くなっているうえ悲痛さまで増している。あれからほぼ一ヶ月、まだ探しているのかという思いとともに罪悪感が押し寄せた。

〝猫捕りにつれて行かれたり、そう云う事もないとは申されませんが、すでに一々考えてみて、或いは調べられる限りは調べて、そんなことはまずないと思うのです〟

ぎゅうと喉を締めつけられる。どうしよう、どうしよう。

「あのう、どうしました？」

店主に訝しげな顔を向けられ君江は我に返った。

「いえ何でもありません。お会計お願いします」

財布を出しながら君江は一ヶ月前のことを思い出していた。

春造を追って両国の駅に着いたはいいが、目印の銭湯がなかなか見つからなかった。街の人に聞きようやくなめし業者のところへ辿り着いたのは、すでに日が傾きかけた頃だった。

しかも、ノラはいなかったのだ。すでに皮にされてしまったのかと気を失いそうになったがそうではなく、春造がかごから出そうとしたところすさまじい勢いで飛び出したらしい。そのまま室内を暴れまわり、捕まえようとするなめし屋を引っ掻き、ついには戸口に体当たりをするようにして出て行ってしまった……君江はそう聞かされ全身の力が抜けるようだった。

生きていてくれたのは幸いだが、両国で逃げてしまったのでは諦めるほかない。結局、いろいろ突き詰められると説明に困ることもあり、初老の紳士に伝えることもせず、ただ時折ノラの愛らしい姿を思い出しては涙していた君江である。

「あぁお客さん、チラシもどうぞ」

店を出ようとすると、店主にチラシを持たされてしまった。君江は深いため息とともにチラシを見つめる。文言のまわりには目立たせるためか朱色でケバケバしい縁取りがしてあった。見ていると何やら怨念めいたものを感じ背筋が寒くなってくる。神社に持っていって供養してもらった方がいいかもしれない。

ここでいくら探しても意味はないのに――

君江はチラシを畳むとその足で美容室に向かった。肩までの髪に軽くパーマネントをあてていたが最近毛先がうっとうしい。本格的に梅雨入りする前に整えておきたかった。

ところが馴染みの美容室が休みだったので、足をのばし駅前に新しくできた美容室に向かった。扉の上にはグリーンと白のストライプのオーニングがかかり一際モダンである。外壁には女優・高峰秀子《たかみねひでこ》のポスターが貼られており以前から気になっていた。

扉をぐるとどの席も客が座っていて、皆雑誌を手に取りながらパーマをあてたり髪をブロウされたりしていた。奥にいた店主らしき女性が君江に気づき声をかけてきた。

「いらっしゃい。もう少しで終わりますからそこの椅子で待っていてください」

言われるままレジ脇の椅子に腰をかける。書店で買ったばかりの雑誌を広げようかとも思ったが、店内にラジオが流れていたので君江は耳を傾け待つことにした。何やら年輩らしき男の声がスピーカー越しに聞こえてくる。

――きっとノラは仲のいい黒猫に会いに行ったのでしょう。でもその晩大雨が降ったので匂いが消えて帰れなくなってしまった。私はそう考えています。

――それは心配ですね。どうかノラちゃんを見かけた方はご一報ください。特徴は薄赤の虎ブチで白い毛が多め、尻尾の先が少し曲がっています。ノラと呼べば返事をするそうです……

ラジオに出てる！

君江は耳を疑った。ふつう猫一匹にここまでするかしら。それにラジオに出るなんてあのおじいさんは一体何者なの？

すると店主が他の客に向かってしみじみとつぶやいた。

「先生も大変ねえ。うちにもチラシ置かせてくれって来たんですよ」

「先生って？」

思わず店主と客の声に耳を澄ます。

「小説家の内田百閒先生です。ほらロッパの頰白先生で映画にもなったでしょう。もう痩せ細っちゃって気の毒でねえ。来た時も話してる最中にいろいろ思い出したのか泣いちゃって……あの様子じゃ猫が見つかる前に先生が倒れちゃうんじゃないかしら」

「ええっ？　私、有楽座で上演された『百鬼園先生』観に行ったんですよ。とてもそんな人には思えなかったけど」

「本当にわからないものです。だからこっちもびっくりしちゃって断れなくて。はい終わりました」

「ありがとう。さっぱりしたわね」

散髪し終えた客は軽快な足取りで店を出ていく。店主はささっと席の周りを掃除すると君江に向き直った。

「はい、お客さん。お待たせしました。ん？　どうしたんですか」

「すいません。ちょっと具合が悪いのでまた来ます」

君江はそれだけ言うと店を後にした。自然と足元がふらつく。力無く歩きながら先ほどの会話を思い返した。

内田百閒だったのね。

親戚に一人やたら文学好きなのがいて、彼の勧めで『百鬼園随筆』を読んだことがあるがとんでもない作家、いや人間だと思った。教職時代はしょっちゅう授業に遅刻し、生徒に居眠りを注意しておきながら自分が寝てしまう。始終金に困っており、いよいよ借金で首が回らなくなると平気で踏み倒そうとする豪放磊落ぶり。おかげで一冊読んだだけなのによく覚えている。

とても猫の帰りを泣きながら待つようには思えなかったけれど……とりあえずこの界隈にはしばらく近づかないでおこうと君江は決心した。

## みなさん

ノラちゃんという猫を探してください！

その猫がいるらしい所は麴町あたりです。ねこの毛色はうす赤のトラブチで白い毛の方が多く、しっぽは太くて先の方が少しまがっていて、さわってみればわかります。鼻の先にうすいシミがあります。左のほっぺたの上にゆびさきくらい毛をぬかれたあとがあります。「ノラや」と呼べばすぐ返事をします。

もしその猫を見つけたら、ＮＫＮＫ堂文具店に知らせて下さい。その猫がかえってきたら、みつけた人にお礼をさしあげます。


しかしそれから五分後のことである。通りがかった神社の手前で今度はチラシの貼られた電信柱を見つけた。

「一体何種類作ったの……」

書店で受け取ったものとまた文言が違う。文面からして子供にもわかるよう工夫したのだろうか。君江は電柱を前に考え込んだ。探す範囲がだんだん広がってきている。この様子では見つかるまでチラシを撒くだろうし君江の心臓にも悪い。せめて両国近辺で配るよう上手く伝えられないだろうか。でも下手に言えば藪蛇になってしまう。

「お嬢さん、何かお悩みですか」

ハッと顔をあげると境内の前で占い師らしき男が机を出していた。頭に黒い頭巾をかぶりこちらをじっと見つめている。

「よかったら占ってさしあげましょう。あたるも八卦あたらぬも八卦、生年月日はいつですか」

「いえ大丈夫です。生憎手持ちがないものですからすいません」

君江はそそくさとその場を離れる。占いなどしたところで気休めにもならない。猫の居場所でもあててくれるなら話は別だが——

「あっ、この手があったわ」

ふと、ある考えが浮かんだ。


新宿《しんじゆく》武蔵野《むさしの》ビアホールはスーツ姿の列席者で賑わっていた。今日は百閒の誕生日である。ひな壇の隣で主治医の小林《こばやし》が会場を見回した。

「今年は五十名ですって？　いつも以上に盛況じゃないですか。やはり噂を聞いて心配してきてくれたんですかねぇ」

百閒もテーブルに並んだ教え子達を眺める。実際に久々に見る顔も何人かいた。教え子とはいえ皆もういい歳で頭髪が寂しくなったものも多いけれど。中には自分よりはるかに出世したのもいるが、百閒は今も愛着をこめ彼らを秀才の阿房《あほう》達と呼ぶ。

内田百閒誕生日会、別名『摩阿陀会《まあだかい》』は今年で開催八回目になる。始まりは彼らが開いてくれた還暦の祝いだったが、その後も毎年続けてくれるようになった。

幹事を務めてくれるのは最古参の学生である多田《ただ》を筆頭に平山、北村《きたむら》ら肝煎の三人。会の名前には〝還暦を過ぎたのにくそじじいはまだ逝かないのかい〟という意味が込められている。乾杯と百閒によるビールジョッキの一気飲みに始まり、終盤ともなれば〝まだ百閒は死なざるや まだ百閒は死なざるや〟の大合唱。本人の前で葬式の予行演習まで行われる無礼講ぶりである。またご丁寧に来賓には主治医の小林と金剛寺の住職を呼んであった。会の最中に倒れたら小林が死亡診断書を書き、住職が引導を渡すという算段である。

これも我々の師弟関係ならではと、百閒自身この大宴会を毎年楽しみにしていたが今年に限っては勝手が違った。テーブルにはいつものように見事な花が飾られバンドが音楽を奏でている。次々と美味しそうな料理が運ばれてくるのに出るのはついため息であった。

「ノラがいたら今日はご馳走がもらえたのにね」

百閒がつぶやくと、小林はたしなめるように言った。

「また……平山君から聞きましたよ。連絡はいろいろと来ているんでしょう」

「ええ、今日なんてノラは猫捕りにさらわれたに違いない。今頃三味線になって美人の膝に座っているさ百閒のクソジジイめ、と言ってきた奴がいましたよ。こういうことを発想する人のご先祖は何をしていたのかと疑いたくなります。逆にうちのは半年で帰ってきたから、諦めずに頑張れというのもありました。こちらはありがたい。半年ならまだ希望が持てるというものです」

「宣伝したらしたで大変ですね。でもあまり気にしすぎるのも体に障りますよ」

「そういえばある製薬会社が精神神経鎮痛剤の試供品を送ってきました。飲んでみようと思ったんですが、ぐっすり寝るとノラが帰ってきても気づけないかもしれないから躊躇しています」

「でも寝ないのは一番よくない」

「小林博士、最近よく雨が降るでしょう」

「そろそろ梅雨ですからね」

「雨がいけないんです。雨の音を聞くとどうしてもノラが出て行った日のことを思い出して辛くてかなわない。以前は好きだった雨音が近頃は楽しく聞けなくなってしまいました」

「知り合いの家に三毛の雌で生後二ヶ月になる子猫がいますがどうですか」

「気持ちはありがたいですがどんな猫でもノラの代わりにはなりません。ノラはノラじゃなければいけないのです」

「うーん、そう言いますが往診に行くと尻尾を持って逆さにしたりしていたでしょう。正直そんなに大事にしているとは思いませんでしたよ」

「それはこいさんにも言われました。そういやこいさん、今朝時計の夢を見たそうです。時計の夢は人が帰ってくる前兆だとか。猫も同じだと思うと明るい心持ちがしますね。帰ってきたら寿司をとって大好きな握りの卵焼きをたらふく食べさせます。そうして鈴のついた首輪を嵌めて二度と……二度と……」

口にするそばからこみ上げるものがある。百閒はハンカチを出すと勢いよく洟をかんだ。するとどこからか平山がビールを持ったまま駆けつけてきた。

「小林博士ダメじゃないですか。今日は先生の前でノラの話はしないでくれってお願いしたでしょう」

「いや先生が何でもノラの話に持っていってしまうんだ」

「先生、いいから今日は飲んでください。せっかくこうしてたくさん集まったんですから。おーい！　景気づけにみんなでいつものやろう。せぇの〜まだ百間は死なざるヤァ！」

会場に向かって平山が叫ぶと、呼応するように方々から声が飛んできた。

「まだ百間は死なざるや！」

「まだ百閒は死なざるや！　まだ百閒は死なざるやァ!!」

唱和する声がだんだんと大勢になっていく。やんやと騒ぐ教え子達を見ながら百閒はボソリとつぶやいた。

「まだ……ノラはなぜまだ帰ってこないのかなぁ」


傘をうつ雨音が次第に強くなる。

君江は内田邸の門の前で佇んでいた。門戸によくわからない紙が貼られている。

世の中に人の来るこそうるさけれ
とは云うもののお前ではなし
世の中に人の来るこそうれしけれ
とは云うもののお前ではなし

一体どういう意味だろう。はじめの句は何かで読んだような覚えがある。続く句は家主がもじって作ったものだろうか。来客をうるさがっているのかそれとも歓迎しているのか君江は測りかねた。

くわえて門柱には『春夏秋冬　日没閉門　爾後は急用の外お敲《たた》き下さいませぬ様に』とうたった瀬戸物の標札が打ちつけられている。

入りづらい。意を決してやって来たものの君江はなかなか先へ進めずにいた。そのせいで足もとの足袋がどんどん濡れていく。普段は洋装が多い君江だが、少しでもそれらしい雰囲気を醸しだそうと、黒を基調とした小紋に袖を通してきたのだ。ちゃんと呼び名も考え、懐には用意してきた小道具も入っている。しかし張り紙を見ていると気持ちがくじけそうになった。

「面会日は一日と十五日ですよ」

君江は声のする方を見た。雨音で気づかなかったがいつしか傘をさした婦人が立っている。小柄な和装の美人で大きい風呂敷を抱えており、そのまま門戸を開けようとするのを見て家の人なのだと思った。

「張り紙には書いていませんが先生がそう決めました。それも午前中はだめで、できるなら夕方がいいようです。雨の中ご足労ですがまたおいでくださいませ」

「ノラちゃんのことで先生に伝えたいことがあるんです。できれば早い方がいいと思いまして」

この針のむしろのような日々から解放されたい一心で、君江はいつになく食い下がった。

「ノラのことで？」

婦人が振り返る。不審に思ったのか君江の身なりを上から下まで見つめ、濡れた足袋で視線がとまった。

「ではどうぞ。先生に聞いてみます」

婦人にうながされ君江は門戸をくぐった。庭の木々を分けるように玄関まで濡れた踏み石が続いている。家はまだ建てて新しいようだが想像していたより手狭で、広さだけで言えば君江が暮らしている離れと同じくらいに思われた。庭に大きな水たまりができていたが、それもよく見るとドーナツ型の池であった。

「先生、ただいま戻りました」

玄関戸を開けると婦人が傘をたたみながら言った。君江は後ろで身を固くしたが、特に返ってくる声はない。婦人は細い首をかしげ家へ上がった。これから配るチラシなのか玄関にも所せましと印刷物が積まれており、廊下は人が一人通れるほどの幅しかない。

「もしかして出かけたのかしら」

婦人が室内を見回しながら歩く。すると突然「きゃあっ！」と悲鳴をあげた。

「先生！　先生！」

戸のうちへ駆け込むのを見て君江も咄嗟に上がりこんだ。何事かと婦人のもとへ駆け寄ると、浴衣姿のまま百閒が風呂場で倒れている。婦人が激しく揺さぶると、ややあって百閒が目を開けた。最悪の事態を想像した君江は心底胸を撫でおろした。

「こんなところでどうなさったんです」

「こいさんが帰ってくるのが遅いからだよ。家をうつ雨音が忍びなくてこうしてノラの座布団に顔を埋めてたんだ。そうしたらいつしか眠ってしまった」

見ればたしかに湯桶の蓋に座布団がのせてある。あの猫はここで寝ていたらしい。

百閒はようやく君江に気づいたのか、眼鏡を掛け直して顔を近づけた。

「君は……」

「ノラのことでお話ししたいことがあるんですって。面会日じゃないからお断りしようかと思ったんですけど、早い方がいいとおっしゃるものだからお連れしました」

「ノラのことで？」

百閒が君江に向き直る。浴衣を着ているせいか、以前会った時よりもひとまわり小さくなったように君江は感じた。目も据わっていて全体的に覇気がない。

「では茶の間で聞きましょうか」

百閒にうながされ君江も後に続いた。廊下を挟んだ六畳間に入ると百閒はゆったりとした動きで座布団に胡座をかいた。婦人は君江に座布団をすすめると百閒の隣に腰を下ろし、心配そうな顔つきで君江が話しはじめるのを待った。

君江は懐に手を入れると用意してきた石を二人の前に置いた。げんこつほどの大きさでやや天辺がとんがっている。濃い青地に白の紋様が竜のように走りまるで地球のようであった。二人が興味深げに身を乗りだす。

「実は私は占いを生業としておりまして名を君姫《きみひめ》といいます。これは代々我が家に伝わる霊石で、この石を通して欲する事柄のあらましを見ることができます」

二人の反応を窺う。しかし表情は変わらずただ次の言葉を待っているようだ。君江は一度咳払いをはさんだ。我ながら胡散臭いことこのうえないがしょうがない。他にいい考えも思いつかなかったのだから。

「実は春ごろからこの石が騒ぐのです。石は磁場を通し様々な念を伝えてきます。おそらくお宅の猫が強い念を飛ばしているのではと」

さすがにしらけたのか婦人が眉尻を落とすのがわかった。しかし百閒は意外や真剣な表情で君江の話を聞いている。もしかして信心深い方なのかもしれない。君江は少しでも信憑性を高めるべく、目をつむると数珠を石の前で擦り合わせた。

「見えます……白地に赤茶の縞模様の猫が見えます。大柄で尻尾は長く先が曲がっている」

「まぁ、そうチラシにも書いてありますからね」

婦人がぼそりと言う。君江は焦ってさらに強く数珠を擦った。

「可哀相に随分お腹が空いているようです。猫は鰹節ではなく、鯵や卵焼きが食べたいと訴えています」

「今、何と？」

百閒が目を見開いた。

「え？」

「卵焼き……卵焼きとおっしゃいましたか？　ノラは卵焼きが大好きだったのです」

「え、ええ。それも酢飯にのった卵焼きが見えます」

百閒と婦人が顔を見合わせる。

「もう少しくわしく話してくださいませんか。今、ノラはどこにいるのですか」

すがるように二人が膝を寄せてくる。君江は姿勢を正すと微笑んだ。

「もちろんです。そのために来たのですから」

# 第二章　占い師

初めてまじないというものに触れたのは、百閒が高等学校の学生のころだった。風がはげしいからおまじないをする、そう迷信深い祖母に言われ用意したのは桟《さん》俵《だわら》と沢庵だ。まずはおのおの沢庵の尻尾をかじって、ふぅふぅふぅと三回息を吹きかける。それで風の神が乗り移るらしい。暗い田舎の夜だったが百閒は言われるまま桟俵にのせた沢庵を裏の川まで流しに行った。

沢庵で風がおさまるならそれに越したことはないだろう。今となってはただの笑い種である。とはいえまったくまじないや占いの類を信じていないかと言われればそんなこともなかった。この世に不可思議なことは多々ある。人伝でも面白そうな話があれば、半信半疑にしろ興味をもって聞くほうだ。

ただ広告を出してからは怪しげな電話も多く、そろそろ面倒なことが起こりそうだと考えていた矢先である。霊石から猫の念を読みとるというのも眉唾に思えたが、占い師の発した一言がすべてを覆した。ノラが卵焼きを好んで食べると知っていたのは百閒とこいさん達だけだ。それを彼女は言い当ててみせた。

百閒は用意してきたチラシを握るとタクシーを止めた。降り立ったのは両国である。平山もあとに続くとあたりを見回した。久々の快晴で両国橋が青空にわたるようにかかり、川沿いの木々には新緑があふれている。交差点の手前まで歩いてくると平山がシャツの袖をまくった。

「先生、本当にここで配るんですか?」

「うん。どうやらノラは猫捕りにさらわれたところ自力で逃げ出して、今も何とか家に帰ろうとここいらでさまよっているらしい。道理でなかなか見つからないはずです」

「本当かなぁ。その占い師、適当なこと言ってるだけじゃないかな」

百閒はこたえず用意したチラシを見つめた。文言のまわりをぐるりと囲むように朱色の凸版で刷り込まれている歌がある。

「たちわかれいなばの山のみねにおふる、まつとしきかばいまかへり来む。占い師の言うとおり猫が帰るまじないの歌も入れた。この文言が念となってノラを導いてくれることでしょう」

「やっぱり怪しいな。在原行平《ありわらのゆきひら》もきっとそう言ってますよ」

「まぁそう言わないでください。家で鬱々としているよりいい」

実際におかしくなりそうだった。物音がするたびにノラではないかと気にかける日々、沙汰がなければないで今頃どこでどうしているのかと思いわずらう。真否はどうであれ新たな方向性を示してもらえたことはありがたい。

「それに最近こいさんに、ノラの話になるとすぐ泣くので辛いと言われたところでね。その点、あの占い師の彼女はだまって聞いてくれるからいい。助言もしてくれるし話したあとは不思議と気持ちが楽になるんです」

「うーん、僕はほどほどにしておいた方がいいと思うけどな」

平山はあくまで気に入らないようだ。百閒は最初の訪問以来ほぼ毎日彼女に来てもらっていることは伏せておくことにした。知れば口やかましく言うに決まっている。

チラシは千枚用意してきたが思いのほか人の通りは少なく、五百枚を配り終える頃には喉がからからに渇いていた。二時間以上立っていたので足も棒のようだ。今日はここまでとして、百閒は平山を連れ近くの店に入った。ジャズが流れる古びた喫茶店だったが、メニューを見ると酒も置いてある。

夕方の膳にはまだ早く、決めた時間以外に酒を飲むのはあまり好きではなかった。

せっかくの晩の酒が楽しめないからである。しかし体が泡のたつ水分をいつも以上に求めている。結局ビールを頼むと二人で一気に飲み干した。たちまち五臓六腑にしみわたり、百閒はこれだけでも来た甲斐があったように思う。これでノラが見つかれば万々歳だ。

「平山、明日も来よう」

「明日は出張が入ってるからダメですよ」

「じゃあ菊島《きくしま》に声をかけてみよう。そうだ、あとノラの首輪を頼みます。名前だけじゃなくちゃんと住所と連絡先を入れてね」

「わかってます。色も目立つやつがいいんでしょう。出張から帰ってきたら行ってきますから」

「よろしく」

百閒は久々に気持ちが上向いていた。

まさかこんなに足繁く通うことになるとは。

いつものように通された茶の間で君江は百閒を待っていた。夫人のこいさんが言うには天気がいいのでチラシを配りに行ったきり戻ってこないのだという。

「こちらからお呼びだてしたのにすいません。そのくせ自分が伝えた時間に人が来ないと怒るんですからね。今日はポークカツレツを揚げようと思うのですけれど豚は大丈夫ですか？」

「本当にお構いなく……好きです」

「じゃあ私は支度しますね。先生も直に帰ってくると思いますから」

割烹着姿のこいさんにかしづかれ君江は深々と頭を下げた。ひとり残された茶の間で所在なく庭を眺める。日が長くなったせいかまだ外は明るかった。庭木の間から西陽が差している。

明日も来てほしい——百閒にそう言われた時は断ろうと思った。とにかくノラが両国にいることだけ伝えられればよかったのだから。しかし家にいたとて別段することもなく、家のものと顔を合わせれば居心地の悪さを感じるだけだ。

そこで君江は料理教室に通うことになったからその時は食事はいらない、と嘘をつくことにした。

中条の家では食事は家族揃って食べるというルールがあり、その度に君江は母屋に行かなければならなかった。大広間には十二人がけのテーブルがあって、上座から祖母、両親、兄夫婦、君江、兄夫婦の子供達と座る椅子も決まっている。食事中は男達が時折会話をするくらいで賑やかなものでもない。

母親はなぜわざわざ夕飯時に、と怪訝な顔をしたが「人気の教室で夜の部しか入れなかった」と答えるとそれ以上は何も言わなかった。

中条の家では酒を飲むのも男達だけだったが、内田邸での食事どきは違った。初めて相伴にあずかった日、料亭とみまがうほどの歓待ぶりだった。鰆《さわら》の刺身にマグロのぶつ切り、小鯛の焼き物、蟹味噌、タコと胡瓜の酢の物にふきのとうの天ぷら、筑前煮。筍ご飯に揚げ玉入りの味噌汁。香の物。食後に苺やよもぎ餅といったデザートまでついた。

占いの礼のつもりで用意してくれたのかと思いきや翌日も翌々日も変わらぬ品数の多さである。日頃からご馳走なのかと聞けば、猫がいなくなり前ほど食欲がなくなったので、これでも品数が減ったほうだと言う。用意しているのはすべてこいさんで、ほとんど料理をしたことがない君江は、彼女がこうも料理の腕をふるえることに舌を巻いた。

膳が始まるとたいていは百閒がノラの思い出を語っていた。手洗いに行くと必ずついてきて戸口の前で待っているから森蘭丸《もりらんまる》のようだと思ったこと。自分の方を見ながら体を柱や壁に擦りつけ甘えた格好をするのがとても可愛かったこと。とても可愛い顔をしていたのでいなくなるなら写真を撮っておけばよかったと思うが、やはり写真などない方がいいと思うなど、すすめられるまま酒を飲みつつそれらの話に耳を傾けていればいい時間になった。

一度、こいさんも加わり三人で晩酌し、話が盛り上がりすぎて深夜になった。泊まっていくよう言われさすがに断ったが、こうした居心地の良さもあり乞われるまま足を運び続けている。

君江は懐からいつもの石を取りだすと両手で包んだ。庭で見つけたただの石だが、こうして手にしていると不思議と落ち着く。すると玄関から百閒の声が聞こえてきた。居住まいを正すとやや赤ら顔の百閒が顔をのぞかせた。どこかで軽くひっかけてきたらしい。

「どうも君姫先生。今日は早速両国でビラを配ってきましたよ。意外と人が少なくて時間がかかってしまいました」

「そうですか。それはお疲れ様です。お一人で行かれたんですか」

「いえ平山に手伝ってもらいました。ただチラシのまじないを見ても胡散臭そうにしてましてね、早くノラを見つけて、どうだ先生の占い通りだったろうと彼に言ってやりたい。他にも何かいいまじないはありませんか」

君江はうっと言葉に詰まったが、悟られぬようすました顔で考えをめぐらせた。とにかく何か言わなければならない。

「そうそう。雨が続くと磁場が弱って念が届きづらくなることがあります。なのでさらに効果を高めるまじないをお伝えしましょう。ノラが使っていた皿がありますね。それを綺麗に洗って伏せ、毎晩その上でお香を焚くのです」

「香を……？」

百閒がじっと君江を見つめる。その表情に何かいつもと違う感情が含まれている気がした。

「……何か？」

「いえ。なるほど念には念をということですね」

「そうです。その間ノラのことを念じるのです。雨が強い日は特に強く念じてください」

「わかりました。雨の日は特に強くですね」

「そう強くです」

百閒は力強くうなずくとお勝手に向かって声を張った。

「おーい、こいさん。酒を持ってきてくれ。ちょうど知人が灘《なだ》の銘酒を送ってきましてね。ふだんの酒が不味く感じてしまうからこういうのは迷惑なんですよ。早くやっつけたいので今宵はこれを一緒に飲みましょう」

「ありがとうございます。いただきます」

まったく自分がこれほど酒好きだったとは、君江もここへ通うようになって初めて知ったことである。外はとうに日が暮れ月にうす靄がかかっている。どうやら明日は雨のようだ。早くノラが見つかってほしいと思う反面、この晩餐が終わってしまうのを惜しくも思う君江であった。

「こいさん、今日の献立を考えてみたから見ておくれ」

百閒からカードを受け取るといつものようにびっしりと文字が書かれている。

かじきの刺身
鮑の水貝
鯛の柚庵焼き

車海老のバター炒め
油揚げの焼きたて
炒り卵
トマト煮
青紫蘇のキャベツ巻きの糠味噌漬け
馬鈴薯のマッシュコロッケ
そうめん
ご飯
わかめの味噌汁
茄子の奈良漬
林檎
アイスクリーム

冷蔵庫の調子が悪いけれどアイスクリームは冷やしておけるかしら。こいさんは献立を確認しながら思った。梅雨は明けていないものの七月に入ってから汗ばむ日が続いている。

「今日も君姫先生はいらっしゃるのかしら」

「ああ。三人分よろしく頼むよ」

「わかりました。昼を食べたら買い物に行ってきますね」

百閒は朝飯をさほど食べず昼も出前の蕎麦だけである。そのかわり夕飯となるとことんこだわった。一日に一回しか膳の前に座らないのだから、毎日山海の珍味佳肴《かこう》を楽しみたいというのが当人の言い分だ。メニューを考えるのは百閒であり多い時には二十種類近くになることもある。必定こいさんは朝から支度に追われた。客が来る日はなおさらである。百閒の世話だけでも日々忙しいのにノラがいなくなってから拍車がかかっていた。

そもそもノラの件で百閒がすることといえば泣いて思い出を語るくらいだ。似た猫がいると連絡があるたび向かうのはこいさんや教え子達である。また両国で探し始めてからは移動の手間もあり、ノラではないとわかった時の徒労感と言ったらない。自身も辛いが報告を受けて落胆する百閒を思うとさらに帰宅の足が重くなった。

「あとこいさん、縞ズボンの膝が破れたからまた縫っておいてくれるかな。来週ホテルで安倍能成《あべよししげ》さんの会に出るのに着られるものがない」

「またですか。そろそろ新しい洋服を買われたらどうですか？　いつまでもつぎあてのあるものや人様の貰い物ばかり着て出歩くのはみっともないですよ」

「じゃあ三越でも行って吊るしの既製品を何か見立ててきておくれ」

「せっかく新調するなら体に合わせて注文しましょう。それに先生の好みもありますし」

「ならやめるよ。だいたい僕が自分で出かけていくなんぞとんでもない話だ」

「でも着られるものがないんでしょう」

「いいから買ってきなさい」

「体に合うかしら」

「とにかく僕自身が行って体の寸法を測らせるのは嫌だって言ってるんだ。今までだって人の着古しをもらってそれで体に合っているんだからいいじゃないか」

「そりゃあ合うようなのをもらって着るからじゃありませんか」

「新しい洋服だって同じことだよ。合いそうなのを買ってきて着ればきっとそれで間に合う。今まで着ていた古いのを風呂敷に包んで行って、それに似た寸法のものを買ってくればいい！」

百閒は面倒になったのか早口でまくしたてると戸を閉めてしまった。

もし私にまで何かあったらあの人はどうなってしまうことだろう。

こいさんは手元の献立に目を落とす。せめてノラがいてくれたらと思わずにはいられなかった。なめらかな毛の感触やふっくらとした抱き心地が懐かしい。まったくやることなすことすべてが愛らしかった。柄杓にじゃれて水桶に落ちてしまった日のことをまるで昨日のことのように思い出す。

「いい子だ、いい子だ、ノラちゃんは」といつも歌いながら抱え歩いた。体は大きいのに喧嘩が弱くて、他の猫といがみ合う声が聞こえるたび箒を手に飛んでいった。いなくなってはや三ヶ月経つがまだあの子は帰らない。

こいさんはまじない用のお香がそろそろ終わりそうなのを思い出し紙に書きくわえた。まじないの効果は未だ出ず、労ばかり増えている気がするが仕方がない。それで多少なりとも百閒の気持ちが落ち着くのであればやらない理由はないのだから。

ただ、占いに対する百閒の反応は正直意外であった。普段の性格からすればもう少し懐疑的になっても良さそうなものだが、あの占い師に対してはなぜかやたらと素直なのである。

まさか……一瞬よからぬ考えが頭をもたげたがすぐに振り払った。髪を撫でつけ割烹着に袖を通す。今日は三越と薬局にも寄りたいからさっさと家のことを終わらせねばならない。勝手口に向かい一升瓶を両手に抱えると軽いめまいをおぼえた。

最寄りの商店街は家から歩いて十分ほどのところにあった。

最初に向かった三越で思いのほか時間がかかってしまい、食材の買い出しをすませた頃にはいい時間になっていた。晴明堂でお香も買いたかったがこれでは寄る暇がない。五時きっかりに夕飯が始まらないと百閒が文句を言うのである。急ぎ帰って料理をしなければならないが、両脇に抱えた荷物が重く早く歩くのも億劫だった。

土手沿いに立ち並ぶ家々を夕陽が照らし、鴉が鳴きながら飛んでいく。ガタンゴトンという電車の音が近づいて、次第にまた遠くなる。

なんだか疲れた……

知らずとついため息が漏れた。百閒とともに暮らし始めはや三十年近くになる。一緒になった当初はここまで手がかかる人だとは思わなかった。これまで震災やら何やら数多の苦難を共に経験してきたが、戦争の時も百閒は何かと騒ぎ立てるだけであり、命からがら空襲から逃げた際も自分は漱石の掛け軸とメジロの鳥籠を持っただけ。それ以外の重い荷物はこいさんにすべて背負わせた。

あの頃はまだ若かったのだ。歳のせいかこのところこいさんはかつてない疲労を感じる。重い体を引きずるようにしてようやく家の前まで来ると、なぜか人だかりができていた。

一体何事かと門をくぐる。するとこいさんを見つけた百閒が玄関口から叫んだ。

「こいさん！　ノラが見つかったんだよ‼　こいさんが出ていった後連絡があってね、平山が見に行って電話くれたんだけど間違いないってさ。今こっちに向かってる」

「ええっ、本当に？　本当にノラですか。一体どこで見つかったんですか」

「麹町五丁目だ。こいさん、もう大丈夫だ」

「ノラ、お前はそんなところにいたの」

こいさんは安堵と疲労で膝から崩れ落ちた。ぽろぽろと涙が頬をつたい、見れば百閒も顔を濡らしている。ついに二人で声を出しておいおい泣いた。「おめでとうございます」と話を聞いて駆けつけてくれたのか、周りの人々まで声をかけてくれる。

「こいさん、探して待った甲斐があったね。この嬉しさを何と例えよう。これまでに経験したことのない嬉しさだ」

嬉し涙に何度もむせながら百閒が言った。こいさんも洟をすする。

「ええ、本当に待った甲斐がありました。ここまで随分長かったこと」

「今晩は皆を呼んで祝おう。座敷に入りきるだけ呼ぼう。ご馳走を用意して寿司もとらなきゃね。あぁようやく寿司が食べられるよ」

「そうですね。お祝いしなくちゃ」

「これもまじないのおかげだね。きっとお香が効いたんだよ。毎日強く念じながら焚いたからね」

「あれ？　でもたしか麴町五丁目って……そう言えばノラは両国でいなくなったんじゃなかったんですか」

こいさんが顔をあげると百閒も合点のいかぬ顔をしていた。

雄猫で毛並みは薄赤の虎ブチに白毛多し。鼻の先に薄きシミあり。ちゃんと「ノラや」と呼べば返事もする。惜しむらくは尻尾が短いところだろう。

「なるほど、とてもよく似ていますね」

君江はノラにそっくりな猫を見つめた。毛並みや容姿はもとより鳴き声も似ていて、もしかしたら兄弟猫なのかもしれないと思うほどである。猫はわりと近所から連れてこられたらしく興味深そうに庭をうろついていた。

「歓天喜地から一転灰心《かいしん》喪気だよ。何だか力が抜けてしまった」

百閒は呆けたようにタバコをふかしている。灰がどんどん長くなりいつ落ちるかと君江は気が気でない。よほど期待したのかいつにない落ち込みようだった。

「お香が足りないのかもしれない。一度に一本ではなく十本くらいやった方がいいのかと思い、先ほどこいさんに買いに行かせました」

「そうですか……」

百閒がゆっくりと煙を吐きだす。君江が何か言うのを待っているようにも感じられたが、言葉が出てこなかった。これほど落胆する姿を前にしては、その場しのぎのまじないを言う気にもなれない。百閒はノラ似の猫に向かって顎をつきだした。

「おい、おまえはどこの猫だ。もしかしたらノラのことを知っているんじゃないか。ノラがどこかの草むらでおまえに俺はもう帰れないからうちへ行って代わりになれと言ったんじゃないか。そんな事ないか。どうなんだ。おまえさんノラを連れて帰ってこい。そうしたら一緒に飼ってやるよ」

言葉がわかったのかそれともタバコの煙が気に入らなかったのか、猫はふいと顔を背けると茂みへ消えていった。

「やはり気長に待つしかないのかね。昨日来た手紙には一年でうちの猫が帰ってきたとあった」

吸い殻を灰皿に押しつけながら百閒が言う。新たに一本くわえようとしたが空だったらしく、長めの吸い殻をあさると口にした。部屋に何度かマッチを擦る音が響く。

君江は火花を見てふと思った。

「そういえば今月の二十日に両国の川開きで花火大会が行われます。そこでチラシをたくさん配ってみてはどうでしょうか。きっと人の出も多いでしょう」

「花火大会か。ただそろそろ金がない。ノラがいなくなってから原稿を書いてないからね」

「えっ！　ずっと書いていないのですか」

「うん。ノラを探すのに忙しかったから。出版社にいくらか貸してくれないか頼んでみることもできますが、この家の増築分も前借りしているから難しいかもしれない」

「そりゃ借りた分をまずは返さないといけませんよ」

「ああまったくいくつになっても貧乏だねえ。学校で働いていた頃も給料日になると教員室の前に取り立ての行列ができていたものです」

「学校に取り立てが……なんて恐ろしいこと。想像できませんわ」

「えぇあれは地獄です。今でも思い出しただけで気分が悪くなります」

「でも今は原稿を書けばその分お金が入るのではないですか」

「原稿料が入ったところで返さなきゃいけないと思うと書くのが嫌になる。そもそも原稿を書くのを私は好まないのですよ。いっそ物書きなぞやめて金貸しから借りる方が晴れ晴れして私の性に合っているかもしれません」

「しかしそれではまた借金地獄です」

「いやよくよく考えると借金も面倒くさい。借金取りに払う金をこしらえるため借金して回るようになるのは二度手間。むしろ借金を払わない方が借金をするよりも目的に適っているとは思いませんか。じっとしてできる金融手段ですよ」

「まあっ」

滅茶苦茶だわ。自分も世間知らずな方だがこの傍若無人ぶりには遠く及ばない。借金の百鬼園たる一面を君江は垣間見た気がした。

「その印刷代とはいくらくらいなのですか」

「以前五千部刷った時に五万ほどだったから、一万部ならだいたい十万だろうね」

「あらそんなもので済むのですか」

思わず漏らすと百閒がぬぅと入道顔をこちらへ向けた。

「おや占い師とはそんなに羽振りがいいものですか」

「いえ、思っていたよりはっていうか、印刷とかしたことがないものですから。ほほほ」

百閒は灰皿に残っていたと思われる長めの吸い殻を一通り吸いつくすと、苛立たしげに時計を見やった。

「それにしてもこいさん遅いね。夕飯がどんどん遅くなってしまう」

しばらくそのまま待っていたもののこいさんは帰ってこず、痺れを切らした百閒は自分で酒を持ってきた。菊正宗の一升瓶をグラスに傾けちびりちびりと飲む。君江も所在なくいつもの石を触っていると、騒々しい足音とともに駆け込んでくる人がいた。

百閒も目を丸くしている。

「おや晴明堂さん、どうしたんです」

「先生！　こいさん……こいさんが倒れたよ！　お香を買って出たところでふらついてね、意識がないから救急車を呼んで乗せてってもらったんだよ」

百閒はグラスを持ったまま石のように動かない。どこかで猫が鳴いた気がした。


どういうわけか昭和が三十を越してからろくなことがない。

去年は懇意にしていた箏曲家の宮城道雄《みやぎみちお》さんが亡くなった。梅雨空の東海道線刈谷《かりや》駅で誤って線路に落ちてしまったのだ。一報を聞いた時は信じられなかった。世間はまれに見る天才の訃報に自殺ではないかなどさまざまな憶測を流したがそんなはずはない。目が不自由なわりにカンの悪いところがあると、かねてから百閒は思っていた。きっと何かしらの過ちで転落してしまったのだ。

その悲しみも癒えぬうちに、今度はノラがいなくなった。

行方を探すため各新聞社に案内広告を出し、これまでに刷ったチラシはすでに二万枚近くになる。おかげで方々から連絡が来てその度にこいさんや教え子達が東奔西走。しかしついにこいさんが倒れてしまった。

病室のベッドに横たわるこいさんを見ながら百閒は洟をすすった。青白い富士額に髪が落ちかかりいかにも病人らしい。もとが美しい顔立ちだけに悲壮さが増し、見ているだけで悲しくなってくる。せめて今ノラが帰ってきてくれたなら。きっと喜びのあまり病気など飛んでいってしまうに違いない。

一体本当にノラはどうしたのだろう。どこにいるのかそれともどこにもいないのか。

猫を飼うということがこれほどまでに深刻な事態を人生にもたらすとは考えもしなかった。幼い頃は家で飼っていたがそれほど関心はなく、大人になってからもさほど興味はなかった。ノラを世話したきっかけも成り行きでこちらから好き好んでというわけではない。

それがこの体たらく。いなくなってからは日夜神経をすり減らしこちらは息も絶え絶え命からがらである。こいさんの体もノラを思うあまり心労が蝕んだのだ。まったく猫という生き物は人を悲しませるために人生に割りこんでいるのかと思う。ところがどんなにひどい目に遭わされても帰ってきてほしいのはどういうわけだ。

「先生、まだ生きているんですからそんな風に泣かないでください」

すすり泣きに気づいたのかこいさんが言った。しかし百閒の涙は止まらない。

「頼むよ、こいさん。早く元気になって帰ってきておくれ。私に一人で膳に向かう勇気などない」

「大丈夫ですよ。このところの疲れが溜まっていただけでしょう。きっとすぐに帰してもらえますよ」

「本当だね。きっとだね」

「当面のことはち江《え》にお願いしておきましたけど、あまり無理をさせないようにしてくださいね。膳に向かう際は平山さん達や君姫先生を呼んで来ていただきましょう」

「退院したら寿司をとろう。ノラを思い出すからと遠ざけていたけれど、卵焼きだけ省いてもらえばいい」

「それは名案ですわね。早く元気になるよう努めます」

「そうだよ。そういや君姫先生に両国の花火大会でチラシを撒いたらどうかと言われてね。今までになくたくさん撒くつもりだからそれまでには何とかしておくれよ」

そこへ扉が開いて小林博士がやってきた。摩阿陀会の時とはうってかわって白衣姿で看護婦まで引き連れている。

「おや先生、来ていましたか」

「小林博士、こいさんはいつ出られますか。検査は大方終わったのでしょう」

「まあ落ち着いてください。こいさんには少し静養していってもらいます。家に帰れば先生にこき使われて休む暇もなくなってしまいますからね」

そう言われるとぐうの音も出ない。博士はこいさんに体調をたずねると看護婦に脈をとらせた。百閒は番犬のようにその様子を見つめている。

「そんなに睨んでいると看護婦がやりづらいでしょう。先生、ちょっとこの後いいですか。こいさんは休むことに専念してもらって二人で今後の話をしましょう」

随分仰々しいなと百閒は思った。それにいつになく博士の表情が固い。言われるまま博士について出るといつしか差していた陽は翳り雨雲が覆っていた。曇り空の下ではただでさえ長い廊下がさらに伸びているように感じる。足もなんだか鎖がついているように重い。

博士はたいした話もしないまま医務室へ入ると、神妙な顔で百閒に向き直った。

「先ほどこいさんの検査結果が出ました。どうか気をしっかり持って聞いてください」

スッと血の気が引いていく。先生の続く言葉はなかなか出てこない。それとも長く感じているのか。

「こいさんは癌です。一番早く手術ができるのは二十日なのでその日で準備をしたいと思います。家のことなどいろいろあると思いますが、どうかその心づもりで動いてください」

「二十日……」

「何か?」

「いえ……何でもありません」

ああ、やはり昭和が三十に入ってからろくなことがない。耐え難い辛苦とはこのことだろう。百閒は出口のない闇の中へ体ごと引きずり込まれていくような気がした。

# 第三章　ノラや

足の踏み場もないとはこういうことかと君江は思う。

そもそも内田邸はさほど広くない。座敷を一つ建て増しするまでは三畳三間の三畳御殿と呼ばれていたらしい。ただでさえ狭い玄関や廊下にはノラのチラシが壁に沿って積まれていた。居室にはところどころ手紙や書類の山があり、うかつに下を見ないで歩くとすぐに足を取られる。君江は新聞を紐で束ねようとしたが、慣れないだけに何度やっても心もとない縛り方にしかならなかった。

汗をぬぐって茶の間へ戻ると、片付けたばかりのところに百閒が手紙の束をばさっと落とした。

「また届いたんですか」

「うちはやたら郵便物が来るんです。いつもは一日に二度こいさんが郵便受けから出してくれるけど病院じゃしょうがない」

百閒はひとつひとつ差出人を見ながらつぶやいた。

「私はあまりてきぱき捌ける方じゃないから溜まる一方で狭い家がさらに狭くなる。こういう状態はあまり好きではありません。いつぞやみたいにB29がやって来て焼き払ってくれたらいっそさっぱりする」

「焼くのはやりすぎです。それに大事な手紙もあるのではないですか」

「あるにはありますがしょうがないのもある。配達してくるのは勝手ですがいつ読むかもこちらの勝手でしょう。面会日みたいにいっそ手紙もいついつだけ送っていいと決めたいものです」

いかにも面倒そうな口ぶりでやりかねない勢いである。君江は呆れて言う。

「でも手紙じゃ通達のしようがありませんね。面会日は紙に書いて門に貼っておけばすみますけど」

「ううむ。じゃあ私が読む日を決めよう。二と七の日だけ手紙を読むというのはどうだろう」

「でもそれじゃ全然片付きませんよ。あら……」

君江は手紙の束を拾いあげると、一番上の差出人に気づいて息をのんだ。

「先生。この手紙、差出人が高峰秀子となっていますわ」

「高峰秀子……はて誰だったかな」

「大女優の高峰秀子ですよ。今すぐ開けてみてください」

「じゃあそれは後で読みます。それより君姫先生、新聞が片付いたらこの点在する手紙の山を届いた日付の順にまとめておいてくれますか。私はそろそろ病院に行かないといけません」

　時計を見て君江は驚いた。こいさんの様子が気になって訪ねてきたのは昼過ぎのこと。話ついでになんやかやと用を頼まれもうやつどきである。それも慣れない二人が右往左往していただけで、たいしてはかどってはいなかったが。

「夕飯の支度はち江さんが来てやってくれます。それまでには戻るので一緒に食べましょう」

「ち江さん？」

「こいさんの妹です。あともし編集者が来たら当面は原稿どころではないと伝えてください」

「わかりました」

　百閒は部屋を行ったり来たりし身支度ひとつにも難儀しているようであった。ようやく浴衣からスーツに着替えたと思えば今度は玄関で往生している。

「象牙のステッキが見当たりません。どこに置いたのかな」

君江も一緒になって探す。ようやく送りだした時には一時間近くが経過していて、君江はこれまでのこいさんの苦労を思った。思えば君江の別れた夫も自分では何もしない人で、何かと使用人の手を煩わせていたが百閒に比べればマシである。

いつもなら日中は雑誌を読み耽ったり買い物に出かけたり、時間を持て余すことの多い君江だったが、この日に限っては息つく暇がなかった。百閒が出ていったあとまずは聞いていた通り編集者がやって来て、こいさんの件を話すと驚いて病院へ向かった。手紙を分別すれば電話が鳴る。ノラに関するものもあったが励ましのようなもので、ひとまず内容を聞いて紙に書いておくことにした。

これではこいさんが倒れるのも無理はない——

君江は今さらだがこれまでの自分の行動が疑問に思えてきた。あまりにチラシを目にするのでせめてノラが両国にいると伝えたかった。しかしいらぬ期待を持たせ彼らの労を増やしただけではないのか。この界隈ならいざ知らず両国くんだりで逃げた猫が見つかる可能性がどれだけあるというのだろう。

こいさんの手術は二十日に決まった。しかしその日は両国の花火大会があって、百閒はそこで一万枚のチラシを撒くことを予定していた。刷る金もないと話していたがどうするつもりだろう。いっそこちらで用立ててしてあげようか。そもそも——

するると玄関先から「平山ですー」と言う男の声がした。君江が出ていくとスーツの男がタスキ姿の君江を見て目を瞠っている。

「怪しいものじゃありません。たまたま先生から留守を頼まれています」

「あっ、もしかして例の占いの人ですか？」

「はい。先生は奥様の見舞いで日本医科大学付属医院へ行っています」

「占い師も先生にかかっちゃ形無しだね。頼まれていたノラの首輪を持って来たんだ。電話番号やら住所やら彫らなきゃいけないから時間がかかっちゃってね。僕はこれから行くところがあるので先生に渡しておいてください」

平山の手元でチリンと鈴の音がした。広げた手に赤い革でつくられた首輪がある。見てみると金具のところに確かに小さな文字が彫られていた。

「それとさ、余計なお世話かもしれないけどあんまり適当なこと言わないでね」

「えっ？」

「占いのことですよ。先生はあの通りの人。もしそこにつけ込んでるようなら俺は許さないよ」

顔をあげると平山が射るような目をしていた。首輪をのせた手がにわかに汗ばむ。

返答できずにいると、平山は言い過ぎたと思ったのか「じゃあよろしくお願いします」と言い去っていった。

君江はしばらく手のひらの首輪を見つめていた。どうして百閒のために皆ここまでするのか、はじめは不思議だった。本を読んだかぎりさほどいい人間に思えなかったし、教師としてもドイツ語を教えるのが面倒になってしまうと辞書を売り、わからないことは生徒に聞いていたくらいである。

しかし今は何となくわかる。占い師と名乗って訪れた君江を疑いもなく招き入れ、飯を食わせ、気づいたら留守番までさせている。人は自分に信をおいてくれる人間に応えたくなるものなのだ。

あぁ、そうだ。もしかしたらこの家で自分は人に必要とされる喜びを久々に感じていたのかもしれない。これまではたいてい頼みごとをする側だったから。

せめて何とかノラを見つけてあげられないかしら――

そもそも春造が両国に連れていかなければノラは自分で家に帰れたかもしれないし、宣伝の甲斐あって今頃この界隈で見つかっていたのかもしれないのだ。

時計を見ればそろそろこいさんの妹がやって来る時間である。留守はまかせ、君江は玄関先に積まれたチラシを抱えると両国へ向かうことにした。

懐かしい人に会った。

夢の中の漱石は、真っ裸のまま足を揉みほぐしていた。あれは間違いなくあの時の漱石先生だ。百閒は天井を見たまましばし動かなかった。

まだ百閒が若く陸軍の教官をしていた頃、漱石に金を借りに行ったことがある。家を訪ねたら鏡子夫人に療養のため湯河原《ゆがわら》の温泉旅館にいると言われ、夜分にもかかわらず追いかけた。切羽詰まっていたからおそらくまともな思考回路ではなかったのだろう。ただでさえ家計は火の車だったのに当時の家内と子供がインフルエンザになり看護婦を雇った。しかしなかなか帰せずついに費用が払えなくなったのだ。

旅館に着くと漱石は食事を終えたところで、別室で百閒に御膳を用意してくれた。「ビールも飲んでいいですか」と言うと「いいよ」と笑った。頼んだ二百円は後日用立ててくれることになり、百閒はその晩安心して温泉でくつろいだ。

翌朝、帰る金がないので漱石の部屋を訪ねると、ちょうど風呂上がりだったらしく裸のままマッサージをしていた。目のやり場に困ったことも、五十銭銀貨を五枚くれたことも、帰りは宿の俥に乗せてもらい凱旋将軍のような気持ちになったことも鮮明に覚えている。

金のことを考えていたからあんな夢を見たんだろうか。ノラ探しにかかる金を工面しなければと思っていたところへこいさんに大病が発覚した。これからかかる入院費や手術代を考えれば、軽口を叩いたつもりの借金地獄も現実味を帯びてくる。

百閒はようやく起き上がると日がすでに高くなっているのに気づいた。どうやら寝過ぎたらしい。こいさんが入院してからというもの定まらぬ時間に寝起きすることが増えていた。

お勝手に行くと盆に葡萄酒とビスケットが三枚のせてあった。百閒の朝ごはんはこうだと聞いてち江さんが用意しておいてくれたのだ。盆を手に書斎へ行こうとすると漬物の樽に見覚えのある石がのせてあるのに気づいた。君姫先生の霊石である。するとち江さんが勝手口から顔を出した。

「あら先生、こんにちは。もしかしていま起きたところですか」

「ち江さん、これは漬物石じゃないよ。占い師がまじないで使っている石だ」

百閒が霊石を指すとち江さんは綺麗な顔をしかめた。

「そうなんですか？　廊下に置いてあったからてっきり。でもそんな大事な商売道具を忘れるなんて随分その方もうっかりしてますね」

ち江さんは悪びれた様子もなく言うと手持ちの籠から割烹着を出した。手早く袖を通す仕草がこいさんに似ている。

「あらっ。また来ているわ」

ち江さんが窓の外を見て動きを止めた。視線の先に薄赤の虎ブチの猫がいる。百閒も背中越しにのぞくと前にノラと間違えて連れて来られた猫だった。どうやらあれ以来時折来てはうろついているらしい。ノラ似の猫は戸を掻いてニャアニャアと鳴いた。その声があまりにノラに似ているので百閒は胸を締めつけられるような気がした。

「ち江さん、何かあげてやってください」

「いいんですか？　一度餌をあげると癖になりますよ」

「いいから早く」

百閒は逃げるように書斎へ行くと葡萄酒を飲んだ。ノラも腹が減って今頃どこかのお勝手であんなふうに鳴いているのではないか。考えただけで涙腺がゆるみ朝から涕《てい》泣《きゅう》する。

「ノラや……」

文机の上にはお香の灰が溜まったノラの皿がある。このまじないも毎晩続けているがいまだにノラは帰ってこない。やれと言った君姫先生もここ数日忙しいのか姿を見せない日が続いている。

今日も来ないのだろうか。だとしたら膳の相手を探さなければならない。思案しながらビスケットを食べているとち江さんが切った桃を持ってやってきた。

「先生、そう言えば昨日出版社の丹波さんから連絡がありましたよ。今日の午後いらっしゃるとのことでした」

「……あっそう」

原稿の催促に違いない。しかし例によって一枚も書けてはいない。書かねば金は入らないが以前にも増してそれどころではない。いっそ金の無心をしたいところだ。

「さすがに貸してくれないだろうなあ」

「えっ、何かおっしゃいましたか」

「いや、今日も病院へ行くので午後は出かけます。丹波さんが来たら夜には戻ると伝えておいてください」

やはりまた金貸しを頼らないといけないのだろうか。百閒は桃を一切れほおばると肩を落とした。

「お嬢様、そろそろ一雨きそうですよ。今日はもう終わりにして帰りませんか」

春造がそう言い終わらぬうちに、空から岩が転がってくるような音が聞こえた。いつしか一帯を雨雲が覆っている。君江は草むらから体を起こすと砂にまみれた膝をはらった。長く茂みにいたせいでところどころ蚊に食われている。

「近くの公園に似た猫がいる」と通行人が教えてくれたのは、君江が春造と両国でチラシを配り始めて三日目のことだった。

早速来てみたところ二匹の猫が喧嘩しているところに出くわした。そのうちの片方がノラに似ている気がし仲裁に入ったものの、稲妻のようにどちらも茂みに逃げ込んでしまった。せめて姿を見て確認したいが頭上の雷雲は今にも落ちてきそうだ。

「仕方ないわね。また明日にしましょう」

「やっぱり明日も……」

春造はげんなりした様子で肩を落とす。君江はつい声を荒らげた。

「何よ、仕方ないじゃない。ノラをこんなところで逃してしまったのはうちの責任なんだから」

「そうですけど庭番もあまりあけるわけにはいきません。昨日も奥様に長時間どこをほっつき歩いてたのって叱られちゃいました」

「私の探し物を手伝っているって言えばいいわ。あぁ降りだしてきちゃった。急ぎましょう」

チラシの入った袋を抱えるようにして小走りで駅に向かう。電車に乗ってしばらくすると激しい雨が窓をうちつけた。まるで横なぐりの雨に電車ごと洗われているようである。湿気のこもった車内で君江はノラを見つけた晩も同じような雨が降っていたことを思い出した。

このまま百間のもとへ向かおうか。雨が降ると辛いと話していたしもうすぐ夕飯の時間だ。公園にいた猫の話もいい手土産になるかもしれない。

「春造、私は寄るところがあるから一人で先に帰ってちょうだい」

「はぁ」

元々八の字型の眉を春造がさらに下げる。その眉もすっかり白くなり、幼少の頃から知る春造もあらためて年をとったものだと君江は思う。

なるべく早くノラを見つけなきゃ——

炎天下でのチラシ配りはなかなか過酷で、君江はこのところ意識を失うように眠りに落ちていた。寝つけない日が多い君江にとっては珍しいことである。きっと他にも力仕事を担っている春造はさらに疲れが溜まっていることだろう。とはいえ君江一人で街中に立ってチラシを配る勇気はないのであった。

なるべく早く春造を日々の生活に戻してやらないとならない。それに何より百閒とこいさんを喜ばせたい。君江はその日が遠からず来ることを祈った。

内田邸に着くと迎えてくれたのはち江さんだった。百閒はこいさんの見舞いに行っていてそろそろ戻る予定だという。

「茶の間でお待ちくださいな。今日の膳の相手が捕まらないと言っていたので喜ぶと思います」

言われるままあがり、茶の間でゆっくりと腰を下ろした。日がな立っていたせいで足が棒のようになっている。こちらはすでに一雨去ったあとのようで、くつろいでいると窓辺から心地のいい風が吹いてきた。

「あら」

庭を眺めているといつぞやのノラ似の猫がとことこと姿をあらわした。心なしか前より毛艶も良くふっくらしたように感じる。慣れた様子で池のまわりを歩くのを見ながら、もしかして百閒が飯をあげているのかもしれないと思った。

ノラ似の猫は大きなあくびをするとじっとこちらを見つめ、近づいてきたと思いきやそのまま縁側に足をかけた。「あっ」と声をあげたときには書斎に入りこんでいる。

君江は慌てて襖を開け広げ、猫に帰るよううながした。

「こらッ！　勝手に入っちゃダメよ。先生にノラを連れてきたら飼ってやると言われたでしょう」

しかし猫は追ったてられるまま部屋を走りまわった。激しい物音とともに畳に灰が舞う。猫がお香をのせていた皿をひっくり返したのだ。

「まあ大変！　これはどうしたことですか」

ち江さんがやって来て目を丸くする。驚いた猫はさらに花瓶と筆立てを倒し、ち江さんに追われようやく部屋を出た。

「しっ、しっ！」

ち江さんはそのまま庭先に躍りでると姿が見えなくなった。こいさんもち江さんも花も踏めないような顔をしているが、いざとなると男より勇ましい。

君江は畳に散らばったものを拾い集めた。百閒が来る前に片付けてしまわないとうるさそうである。手帳にかかった灰を払っていると開いた日付の欄に、それぞれびっしりと字が書いてあるのに気づいた。

四月四日　快晴。朝六時頃から眠った。眠りにつくまでノラのことで非常に気持ちが苦しかった。これではもう体が持たぬと思う。夕方平山から電話の時、猫捕りに持っていかれたのではないか、居酒屋のおやじがそう言ったという。それは今まで考えなかったことではないが、そう言われてまた悲しくなり暗くなるまで声を立てて泣いた。何を根拠にそんなことを言うのか。馬鹿が、もう殺された猫をまだ探していると言うのか。そうかも知れないけれど、そんなあやふやな事を今の私に言ってどうしようと言うのだろう。到底堪らないからまた泣いて制するに及ばず。

どうやら手帳を日記がわりにしていたようだ。君江は思わず読み進めた。

四月五日　晴薄日半雲。ストーブをつける。何をする気もなく座辺のものを動かすのも面倒くさい。ノラは今どこにいるのか。うちへ帰れなくなったのか。今日は夕方暗くなる頃から平山に来てもらうよう頼んである。

四月六日　快晴。もうノラが帰ってくる見込みは薄くなったように思う。ノラがいなくなった晩の翌くる日の大雨が恨めしい。あれで道がぬかるんで迷い猫になったのではないか。腹が減ってニャアニャアと食べ物を探していると思うと可哀想で堪らない。夕方平山と小林君来。皆私のためにお膳に加わってくれたのである。朝日新聞の案内広告に猫探しの広告を出そうと思う。

書いている最中に涙がこぼれたのかところどころ文字が滲んでいる。書く内容は次第に長くなっているようだ。

四月七日　快晴。書斎の窓から音がしたような気がした。すぐに起き出してみたがノラが帰ったのではない。平山と菊島が二人でこの界隈を探し歩いてくれた。ノラが風呂場の湯槽《ゆぶね》の蓋の上に寝ている時、いつも行って頭を撫で顎の裏を掻いてやったことを何べんでも思い出す。ノラやノラやノラやノラやと言うと、グルグル喉を鳴らし喉を伸ばす。ノラやノラやノラやと言いながら、もう今はない物置の屋根から降りてきた頃を思い出して可愛くて堪らなかった。

平山と菊島が朝日新聞社へ案内広告の原稿を持って行って夕近く帰ってきた。一緒にお膳についた。一献している間も引き寄せられるように風呂場に行きたくなり、行けば又泣き出す。ノラが帰らなくなって十日あまり経つ。それ迄は毎晩入っていた風呂にまだ一度も入らない。風呂桶の上にノラが寝ていた座布団と掛け布団がそのままある。いないノラを呼んで、ノラやノラやノラやと言って止められない。もうよそうと思っても又そう言いたくなり、額を座布団につけて又ノラやノラやと言う。止めなければと思っても、いないノラが可愛くて止められない。

みっともないから泣き顔を隠したいと思うけれど、隠しきれぬままで二人の前に戻る。


頁をめくると日記は今日まで欠かすことなく続いている。日々綴られる百閒の思いは想像をはるかに超えており、君江は読み進めるたびに胸がえぐられるような気がした。しかし手を止めることができない。むしろどんどん引き込まれていく。

一体どれほどそうしていただろうか。昨日の日付を読み終わった時には日が翳っていた。声をかけられたのかどうか覚えはないが、いつしかち江さんもいない。静まり返った部屋で君江は呆然としていた。胸の内にじわりじわりと広がっていく感情がある。それは恐怖であった。

自分はこれほどまでに何かに心奪われたことがあっただろうか。もし、そんな対象にこの先出会ってしまったら最後、世界はこれまでとはまったく違うものになるに違いない。それは君江がまだ足を踏み入れたことのない世界だ。

怖い。出会うことにすら畏怖を覚えるのに、もしその存在をふたたび失ってしまったら人はどうなるのか。ああ自分は百閒の苦しみをわかったような気になっていたが、露ほども理解できていなかったのだ。

そろそろ百閒が帰ってくるが一体どんな顔をして会えばいい——天を仰いだ折に、壁に飾られている掛け軸が目に入った。よく見ると漱石の落款がある。言わずと知れた国民的作家だがまさか本物だろうか。さほど文学に明るくない君江でも『吾輩は猫である』くらいは読んだことがある。

その瞬間、君江は思いついた。

この日記を本にして出版してはどうかしら。漱石の猫は『吾輩は猫である』により日本で最も有名な猫となった。本になれば全国でノラのことを知ってもらえるし金も入ってくる。そうだ、それがいい。戻ってきたら早速進言しよう。

すると玄関のベルが鳴ったので、君江は手帳を置いて立ちあがった。足早に玄関先に向かい慣れた手つきで戸をすべらせる。しかし立っていた婦人を見て君江は反射的に戸を閉めてしまった。すぐさま戸を叩く音がする。

「君江さん、お開けなさい！」

ハッと我に返りふたたび戸を開けると、鬼のような形相をした母がいた。

「お母様どうして」

「春造に聞いたんですよ。まったく料理教室だなんて嘘をついて……帰りは遅いしたまにお酒の匂いさせてるっていうじゃありませんか。あなたこちらで一体何をやっているのです」

「猫を逃してしまったの」

「猫がどう関係あるんですか？　こちらは小説家の内田百閒先生のお宅でしょう。どういうつもりなのか私が直接先生とお話しします」

「先生は出かけていていません。お母様どうかお帰りになって」

無理やり閉め出そうとすると母は戸先に草履をかませた。隙間から君江を捕まえんと細腕が伸びてくる。

「あ・な・た・も・で・す！」

「先生にどうしてもお伝えしないといけないことがあるんです！」

戸口から見える母の顔は凄まじかったが君江も引くわけにはいかない。渾身の力で閉めようとするも同じ力で母もこじ開けようとしてくる。騒ぎに近所の人が取り巻きつつあるのを二人は知る由もなかった。

すっかり遅くなってしまった。

タクシーの後部座席から夕闇に染まる土手沿いの景色を眺めた。たちこめていた雨雲は散り、橙から群青色にかけた空にくっきりとした明星が浮かんでいる。四方八方へ轟いていた稲妻が嘘のようであった。

百閒は雷が大の苦手である。空模様が怪しくなっただけで足がすくみ気分が悪くなる。かつてGHQの本部に呼ばれ、戦時のことをあれこれ聞かれた時も「爆撃も怖いが雷様の方がもっと怖い」と答えたほどだ。何かの調査でたまたま百閒に白羽の矢が立ったようだが、そう答えた際の担当者の不思議そうな顔をなんとなく覚えている。

それほど恐れていた雷が病院を出ようとした矢先に頭上で光った。すっかり怯え、露ほどの気配もなくなるまで待っていたらとうに夕飯の時間を超えてしまっていた。どうせ今日は一人なのだから気にすることはないが、定刻通りに膳につけなかったという事実は多少百閒を苛立たせた。いっそどこかでひっかけて帰ろうか。しかしち江さんがせっかく飯を用意してくれている。憮然としたまま揺られているといつしか家の前だった。

「あれぇ、何でしょう。もしかして喧嘩でもしているのかな」

運転手が車を止めたまま首をかしげる。後部座席から前方をのぞき込んだ百閒はギョッとした。家の前に近所の人達が集まり何やら戸口の方を見て騒いでいる。見れば君姫が見知らぬ婦人と押し問答をしている最中だった。只事ではない雰囲気に百閒は釣りも取らずに座席から降り、周囲の人々をかきわけ二人の間に割って入った。

「君姫さん、どうしたんですか」

「君姫さん？」と婦人が目を丸くする。

「ええ。彼女はうちに来てもらっている占い師の君姫先生ですが、何か？」

「君江さん……占い師ってあなた一体どういうことなんです」

婦人の声がにわかに震えだす。話ぶりやよく似た顔立ちからしてどうやら婦人は彼女の母親のようだ。君江と呼ばれた君姫は口を真一文字に結び俯いている。百閒はそれを見て、どうやら来るべき時が来たのだと悟った。

「ひとまず中へ入りましょうか。続きはそれから聞きます、君……君江さん」

君江が申し訳なさそうに顔を上げる。戸をくぐると百閒は三畳間の書斎に二人を通した。君江は落ち着かないのかずっと目が揺らいでいる。百閒はタバコをくわえ一息つくと尋ねた。

「このところ顔を合わせていませんでしたが、何だか焼けたようですね。玄関にあったチラシがなくなっていますがもしかしてあなたが配っていたのですか？　両国から何度かノラの件で連絡がありました」

「はい……実は私は占い師ではありません。ただ先生にノラが両国にいることを伝えたくてなりすましたのです。なぜなら……」

君江は一度深く息を吸うと、覚悟を決めたように百閒を見つめた。

「なぜなら、ノラを両国で逃してしまったのは家のものだからです」

「ノラを？」

百閒は驚きのあまりタバコをぽとりと指先から落とした。君江はさらにうなだれると、消え入りそうな声でことの顚末を語り始めた。雨の日に轢いてしまったと思いノラを家に連れ帰ったこと、しばらく面倒を見ていたが脱走した折に庭師が野良猫だと思い捕まえてしまったことなど。

「その後もノラのチラシを何度も目にするので、せめて両国にいることを伝えたいと思いました。ですが、逃してしまった責めを恐れまわりくどいことを……何卒ご容赦ください」

君江が三つ指をつくのを母親が呆れた様子で見ている。百閒は煙を吐きだしながら記憶を辿っていたが、やがてひとつの合点にたどり着いた。

「ああだから……あなたはあんなに驚いた顔をしていたのですね」

「え？」

「初めて四ツ谷で出会った時ですよ。チラシを受け取ったあなたは、なぜか随分と驚いた様子でした」

「先生、まさかあの日のことを覚えていたのですか」

「ええ。しかもその日はカラフルな洋装でしたから、後日黒ずくめの和装でやって来て占い師だと言われたときは正直怪しいなと思ったものです」

「じゃあどうして……これまで何も言わずに信じてくださっていたのですか？」

「それはあなたがある人にとてもよく似ていたからですよ」

　百間はゆっくりと膝を起こすと、まじないで焚いているお香の箱を持ってきて差しだした。小箱に〝長春香〟と書かれている。

「長春香？」

「私にはとても可愛がっていた生徒がいました。名前は長野初さん、あなたみたいに色が白くて目鼻立ちがはっきりした子でね。毎日のようにうちへ来てドイツ語を学んでいたのですが、とても覚えが早くて優秀で……そう、気立ても良かったなぁ。当時は前の家族と一緒に暮らしていたのですが、私が寝坊した時なんかは子供と遊んでくれてね。家族ぐるみの付き合いというか、いつしか家族の一員のようになっていました」

百閒はにわかに視線を落とすと、小箱から香を一本取りだした。火をつけると煙が三人の間を揺らいで、慣れ親しんだ香りが鼻腔をくすぐった。

「しかし三年ほど経った時、関東大震災が起こりました。初さんの住んでいた家は当時本所石原町《ほんじょいしわらちょう》にあったのですが、家は跡形なく崩れ彼女の消息もわからないまま……電車が不通なので私は毎日歩いて本所まで通いましてね、竹竿の先に長野初と書いた幟《のぼり》を背負って、彼女の行方を聞いて回りました」

香りとともに当時の記憶が蘇るようだった。川沿いの道に黒焦げたトタン板や焼死体がごろごろと転がっていた。白い歯並びの炭のように焦げた死体を見て、一瞬初のような気がしたこともある。しかしすぐにそんな疑念は振り払い、希望だけを灯し来る日も来る日も足が棒になるまで探し続けた。

「けれど結局彼女は見つかりませんでした。私は今でも九月一日になると、彼女の家のあたりをひと回りして帰ってきてこの香を焚きます」

じじ、と香の燻る音がする。百閒はなんとなく煙の行方を目で追って、ふたたび正面にいる君江を見つめた。ああやはりとてもよく似ている。

「四ツ谷で見かけたときはもとより、あなたが家に来たときはさらに驚きました。まるでノラのことで憔悴している私を見かねて、天が遣わせたんじゃないかと思うくらいに。帰るかどうかわからぬものを待ち続ける苦しみは、初さんで嫌というほど味わっていますから」

百間はそう言うと、先ほどまでの話を聞いて所在なげにしている母親に向き直った。

「まぁそういうわけで私も色々と思うところがあって、毎晩の膳に彼女を呼びとめていたんです。どちらかといえば占いやまじないは気休めみたいなもので、それよりも話をしたかった。話している間は気が紛れるし一献終えるころには楽しい気持ちになれる。もしいらぬ心配をおかけしていたのなら申し訳ない」

「いえ……先の震災では私も大切な人を失いました。こちらこそ何の事情も知らず邪推してすいません」

母親が申し訳なさそうに目を伏せる。百間はあらためて君江に顔を向けた。

「君江さん。今までありがとう。明日からはご家族と膳を共にしてください。私もいつまでもいなくなったものに心奪われていないで、今まわりにいるもの達を大切にしようかと思います。花火大会のチラシ配りもやめておきましょう。その日はやはりこいさんのそばにいたい」

文机の上にあるノラの皿を見てから、百閒はそっと目を伏せた。

「先生、ノラのことで提案があります」

何かを思い出したように君江が身を乗りだした。

「ノラのことで？」

「はい。ノラはきっとまだ生きています。今日も両国の公園に似ている猫がいると聞いて伝えに来たんです。それで……今書いている日記を本にしてみませんか」

「私の日記を本に……」

「そうです。部屋を片付けていた際に見てしまったんです。本にして出版すれば、漱石の『吾輩は猫である』の猫みたいにみんなに知ってもらえます」

「なるほど。それならチラシ配りのように金を工面しなくても済む。君江さん、名案をありがとう。早速編集者に伝えてみよう」

百閒はじっとしていられないとばかりに立ちあがる。

その時だった。

「ニャア」

驚いて思わず三人で顔を見合わせる。百閒はふと水墨画の黒猫に目をやった。まさかこの猫が鳴いたのか。そうだ、吾輩のようにノラのことを本にしろと言ったのか。

思わず絵に手を伸ばすとふたたびニャアと聞こえた。背後からだ。

振り返ると縁側からこちらを見ている猫がいる。ノラと間違えて連れてこられて以来、庭をうろつくようになったいつもの猫だった。

「お前さん、また来たのかい」

「ニャア」

百閒はあらためて間近で猫を見た。やはり尻尾以外はノラに瓜ふたつで鳴き声も似ている。ただ左目の具合がおかしいらしく涙が出ていた。

「なんだい。お前、泣いているのか」

猫の目を袖で拭いてやる。ついでに背中を撫でるとノラと違ってザラザラしていた。きっと外で暮らしているせいだろう。猫は嬉しいのか尻尾をピンとたてて喉を鳴らしている。

「君江さん、そこの首輪をとってくれますか?」

「首輪ですか?」

君江は文机に置かれた首輪を見つけると手渡した。百閒がそれを首に巻いてやる間、猫は大人しくしていた。

「先生、それはノラの首輪じゃないんですか」

「ノラにはもっと柔らかい革で作ってやろう。また平山に頼まないとな」

「じゃあこの猫は……」

「お前さんも今日から内田さんちの猫だ。ノラが帰ってきたら仲良くするんだよ。喧嘩なぞしたら承知しないからね」

「ニャア」

「猫のような声をするな」

「ニャア」

「さてはやっぱり猫だな。猫にして男のくせにニャアニャア言うのではない」

「ニャア」

「何だ、何を言っているのだ。お前の言うことは言語不明晰でよくわからん」

縁側でぶつぶつ言っていると君江が笑いだした。

「先生、新しい晩酌の相手ができましたね」

そう言われて百閒も笑った。

# 終章

秋の終わりに年をひとつ重ねた。君江は今も実家の離れで暮らしているが、変わったことが一つある。

「中条さん、今日はもう上がっていいですよ」

弁護士の菅原《すがわら》に言われ君江はハッと顔をあげた。頼まれた書類の翻訳に没頭していたのだがいつしか定時を過ぎている。外出の予定があるのか菅原はすでに上着を羽織っていた。

「すいません、すぐに出ます」

「駅まで行くなら一緒に車に乗って……ああ今月から自転車でしたね」

「はい。初任給で買わせていただきました」

君江が答えると頼もしそうに菅原が笑った。菅原は元々父の知人で、市《いち》ケ谷《や》で法律事務所を営んでいた。英語ができる事務員が退職することになり、代わりを探していると聞いたのは先々月のことである。それなりに学んではきたけれど果たして仕事で使えるかしら、とはじめは迷いもした。しかし何とかなるだろうと日たたずして引き受けたのは、百閒を懐かしみ著書を読み返した後だったからに違いない。おなじみの破天荒さに煽られついい気が大きくなってしまったのである。

実際いざ仕事を始めてみれば何とかなるものだった。慣れない業務に戸惑いや失敗もあるが、菅原をはじめ事務所の人々は皆親切で何かあれば手助けしてくれる。おかげで君江はこのところ充実した日々を過ごしていた。

会社を出ると真新しい水色の自転車にまたがった。漕ぐごとに秋風が顔を撫ぜて気持ちがいい。先月まで色づいていた通りの街路樹も葉が落ちて、冬の訪れを感じさせている。ゆるやかな坂をのぼって家の門をくぐると、ポストに郵便が入っているのに気づいた。厚みのある封筒は君江宛で、差出人は内田百閒と書かれている。

君江は息をのむと封筒を抱え離れへと走った。あの晩以来、百閒とは会っていない。元気にしているだろうか。こいさんは無事に退院したのだろうか。もどかしい思いで離れの戸をくぐり封筒を開けると、中には一冊の本が入っていた。タイトルは『ノラや』だ。

「できたんだわ！」

思わず君江は叫んだ。待ちきれない。すべて読めばわかる。あの日の続きがこの中に書かれているはずだ。表紙を開くとふいに覚えのある香りが漂った。懐かしさが一気にこみあげてくる。

本にはいくつかの章立てがあった。『ノラや』はただの日記でなく、ノラが来た経緯や折々の思い出を綴った随筆なども盛りこんだらしい。厚みもしっかりしていて君江の期待はさらにふくらんだ。

「ノラが帰って来なくなってから今日で百七十五日目である。ノラが行ってから庭の花が咲盛り、私が泣いている間に爛漫の春になり、初夏になり、毎日待っている内に暑さの峠を越してもう秋風が立ってきた。ノラはもう帰ってこないのだろうか。時折そうも思う。しかし又、今にも帰ってきそうな気がする……」

読むほどに百閒の声が聞こえてきそうだ。

「今年の両国の川開きは七月の二十日であった。夜半過ぎから雨になったが宵のうちはお天気であった。私の所の界隈まで花火の音が聞こえてくる。暗い庭を眺めながらその音を聞いているうちにノラは帰ってくると思いだした。そう思っただけで張り合いがつき、切れ目なしに続く轟音を楽しむような気持ちで聞いた……」

本を通して君江はこいさんが退院して元気にしていること、あのノラ似の猫がクルツという名前をもらって可愛がられていることを知った。自然と笑みが浮かぶ。

すべて読み終えると最後の頁を開いたところに文字が書かれているのに気づいた。


『合縁奇縁　内田百閒』


君江にあてて書いてくれたようだ。にわかに胸が熱くなり、君江は本を抱えたままふたたび外へ出た。あたりはすでに日が落ち空に星が出ている。

会いたい。直接本の礼と感想が言いたいし、こいさんの見舞いもしたい。ああ仕事を始めたって報告しなきゃ。話したいことがたくさんあるわ——満月のおかげで夜空が明るかった。たくさんの思いを胸に君江は自転車を走らせる。ノラはまだ帰ってきていないが、この空のもとのどこかにきっといるはずであった。

どうかこの本が百閒とノラを結びつけてくれますように。少なくともノラが帰ってくるその日まで百閒は日記を書き続けるだろう。

君江はペダルから足を離すと、ゆるやかな坂をくだっていった。

吾輩は猫である。

最初の名前はノラ。野良猫だったからという理由でつけられたひねりのない名前だ。それに比べれば今の名前はまだましかもしれない。いや、むしろずっと気に入っている。

この家に来たのは不思議な流れだった。数年前の雨の晩、吾輩は気づいたら見知らぬ家にさらわれていた。その家の女主人は親切だったが、池の鯉に目を奪われていたら男に捕まりかごに入れられてしまった。そうしてまた知らぬ場所に運ばれたのだが、何とも嫌な予感がしたので隙を見て逃げ出してやった。喧嘩は弱いが逃げ足にはこれでも自信がある。

しかしいざ逃げてみるとあたりはまったく見知らぬ土地で吾輩は狼狽した。

はてここはどこだ、我が家はどこだとあてどなく探しまわり何日めかの夜である。池のある庭で水を飲んでいると、気づいた家の娘が魚のアラをくれた。見れば最初の女主人をひとまわり若くしたような美人である。そうして何度か飯をもらううちに家にあげてくれるようになり、いつしか名前で呼ばれるようになった。

「裕次郎？　私のかわいい裕ちゃんはどこ？」

娘の声が聞こえたので吾輩は炬燵から這いでて迎えにいった。すると花のような娘の顔がさらに華やぐ。細い腕に抱えられるといつもの白粉《おしろい》の匂いがした。寒空のなかを帰ってきたのかくっつけられた頬がひんやりと冷たい。

「雪が降ってきたから今晩は外に出ちゃダメよ。あたりが真っ白になって帰ってこられなくなってしまうからね」

短く鳴いて返事をすると吾輩を膝にのせ顎を撫ではじめた。自然と喉が鳴る。美女の膝でこうして愛でられるのは至福のひと時である。

思えば最初の女主人もよく可愛がってくれた。湯桶の座布団で寝ていると、いつもそっと薄い布を上にかけてくれた。自分がいなくなってさぞ心配しているかもしれないが、吾輩はもう娘の膝から離れられない。どうか元気でやっていてほしいと思う。あの男主人では苦労が絶えないかもしれないが。

男主人の方はかなり変わった御仁だった。夕膳に十も二十も小鉢を並べる大入道で、吾輩を見つけると尻尾を引っ張ったり足の裏で踏んづけたりする。また虐げると思いきや髭面を吾輩の腹にこすりつけて「ノラやノラや」と言う。行動が読めないから油断がならなくて、仕事も何をしているのかよくわからなかった。

「さあそろそろご飯の支度をしましょうね」

娘の膝から下ろされ吾輩は大きく伸びをした。雪見障子の向こうにちらほら白く舞うものがある。娘がストーブをつけると嗅ぎ慣れた匂いがした。

そう言えばあの男主人もすぐにストーブをつけていた。今頃どうしているだろうか。よくわからない御仁だったけれど、あの夕膳と彼を時折懐かしく思う。都度分けてくれた鯵の切り身や寿司の卵。絶えない客に笑い声。面倒な性格なのにいつもまわりに人がいた。

寂しがりやのようだから、せめて吾輩の兄弟猫が行って世話になっていればいいのに。五丁目にまだ家の決まっていない弟猫が一匹いた。こんな雪の降る日は特にそう思わずにいられない。

「裕ちゃん、ご飯よ」

娘の声がする。返事の代わりに吾輩は首輪の鈴をチリンと鳴らした。

## 【主要参考文献】

夏目家どろぼう綺談


『漱石全集』夏目漱石（岩波書店）
『夏目漱石 上・中・下』小宮豊隆（岩波書店）
『夏目漱石』赤木桁平（講談社）
『続・夏目漱石』森田草平（養徳社）
『漱石の思い出』夏目鏡子述・松岡譲筆録（文春文庫）
『漱石の長襦袢』半藤末利子（文藝春秋）
『夏目家の糠みそ』半藤末利子（ＰＨＰ研究所）
『硝子戸のうちそと』半藤末利子（講談社）
『漱石先生』寺田寅彦（筑摩書房）
『漱石、ジャムを舐める』河内一郎（新潮社）

『漱石先生ぞな、もし』半藤一利（文藝春秋）
『漱石の孫』夏目房之介（新潮社）
『漱石山房の記』内田百閒（角川文庫）
『漱石山房の人々』林原耕三（講談社）
『文芸的な、余りに文芸的な』芥川龍之介（ゴマブックス）
『漱石研究　五号』小森陽一・石原千秋編集（翰林書房）
『新宿区立漱石山房記念館』記念館冊子

内田家うらない綺談

『ノラや』内田百閒（中公文庫）
『内田百閒』内田百閒（筑摩書房）
『百鬼園随筆』内田百閒（新潮文庫）
『御馳走帖』内田百閒（中公文庫）
『内田百閒文学散歩』備仲臣道（皓星社）

『百間、まだ死なざるや――内田百間伝』山本一生（中央公論新社）
『百間外伝　これくん風到来』山本一生（中央公論新社）
『まあだかい』内田百間（福武文庫）
『私の「漱石」と「龍之介」』内田百間（ちくま文庫）
『実歴阿房列車先生』平山三郎（中公文庫）
『大借金男　百間と漱石センセイ』小森陽一・浜矩子（新日本出版社）
『作家の猫』コロナ・ブックス編集部（平凡社）
『泣いて笑って夢に生きた昭和時代』昭和倶楽部（成美堂出版）
『東京遊歩東京乱歩』磯田和一（河出書房新社）

その他、多数の書籍・雑誌・インターネット資料を参考にしました。

この作品は史実を参考に描いたフィクションであり、実在の人物・団体・生き物とは異なります。

本書は双葉文庫のために描き下ろされました。

著者エージェント　アップルシード・エージェンシー

双葉文庫

ひ-22-01

猫《ねこ》も歩《ある》けば文豪《ぶんごう》にあたる

2025年4月12日　第1刷発行

【著者】
東山泰子《ひがしやまやすこ》

【発行者】
箕浦克史
【発行所】
株式会社双葉社
〒162-8540 東京都新宿区東五軒町3番28号
［電話］03-5261-4818(営業部)　03-5261-4831(編集部)
www.futabasha.co.jp(双葉社の書籍・コミックが買えます)
【印刷所】
中央精版印刷株式会社
【製本所】
中央精版印刷株式会社

【フォーマット・デザイン】
日下潤一

---



---

ISBN978-4-575-52839-8 C0193
Printed in Japan